愿所有相遇，都恰逢其时

林默◎著

华龄出版社
HUALING PRESS

责任编辑：潘笑竹
责任印制：李未圻
封面设计：颜 森

图书在版编目（CIP）数据

愿所有相遇，都恰逢其时 / 林默著. -- 北京：华龄出版社，2018.12
ISBN 978-7-5169-1389-5

Ⅰ. ①愿… Ⅱ. ①林… Ⅲ. ①散文集 – 中国 – 当代 Ⅳ. ①I267

中国版本图书馆CIP数据核字（2019）第006612号

书　　名：愿所有相遇，都恰逢其时
作　　者：林默　著

出 版 人：胡福君
出版发行：华龄出版社
地　　址：北京市东城区安定门外大街甲57号　邮编：100011
电　　话：010-84044445　传真：010-84049572
网　　址：http://www.hualingpress.com

印　　刷：三河市东兴印刷有限公司
版　　次：2019年11月第1版　2019年11月第1次印刷
开　　本：880×1230　1/32　印　　张：7
字　　数：170千字
定　　价：36.00元

（如出现印装质量问题，调换联系电话：010-82865588）

序　言

关于时间，关于爱

李宗盛在《生命中的精灵》中这样唱道：

关于爱情的路啊，我们都曾经走过；

关于爱情的歌啊，我们已听得太多；

关于我们的事啊，他们统统都猜错。

在每个人的内心深处，都潜藏着一只人间的精灵。它来自对爱情的憧憬，来自人们对美好世界的向往。它是一段青春的记忆，是一个蓦然回首的眼神，是一滴倏忽而至的眼泪。

我们常常自以为是，以为世间美好的事情很多，以为我们遇到一个美丽的背影，就可以常相伴随，以为我们会永远身处爱情里。

关于爱情，想要的总是很多很多，想起的总是太多太多。只是，很多时候，无奈、无助、忧伤、哀叹、懊悔、不舍、牵扯、犹豫……才是爱情世界里的常态。

关于爱情，其实我们知道的太少太少。

关于爱情，很多人一开始就走错了方向。

然而，即便爱情里充满了太多的未知，每一种滋味在回忆里不免有无可奈何的惘然，但正是这一点惘然构成了爱情里一个永恒的词汇：美好。

在美好的时光里，遇见一个美好的人，谈一场美好的恋爱，然后用岁月的酒浆将记忆灌醉，留待老了的时候，每开封就微醺，还没品尝就已经沉醉其中，这便足够。

爱情没有定式，每个人都有自己的一套理论，因此在爱情这件事上，每个人都能说上两句，每个人都认为自己懂得爱情。

理想中的爱情，应该是这样的：两个精神独立的人，没有攀附也没有怜惜，只有发自内心的欣赏与彻骨的爱慕。

女人不必像藤缠树那样仰望男人，男人亦不必有作为大树被人依附的责任与压力。彼此平等，相互欣赏，像舒婷在《致橡树》里写到的那样：我如果爱你，绝不像攀缘的凌霄花，借你的高枝炫耀自己……我必须是你近旁的一株木棉，作为树的形象与你站在一起……仿佛永远相离，却又终身相依。

这世间有三对人间伴侣值得我们艳羡：波伏娃与萨特；王小波与李银河；钱锺书与杨绛。波伏娃与萨特中途历经各种人间仙境与险境，不断有人来来往往；王小波天妒英才英年早逝，李银河不免有孤雁的孤独；只有杨绛先生与钱锺书先生的爱情最为圆满。

我们要相信，那些曾有过的美好瞬间，在时光里逝去，还会以另一种方式回来与我们重逢。我始终相信，在人世间无法永恒存在的东西，在纸上可以天长地久，就像在红尘里走散的情侣，可以在纸上圆满一样。

兜兜转转，人们终究在时间中走散，或者重逢，这就是爱的奇迹。

目　录

在那里，回忆成全了我们

刘复失恋了，在他还没来得及跟他小师妹恋爱的时候，就失恋了。这已经不是他第一次失恋了。他失恋过无数次，当然说无数次可能难免有夸张之嫌。他的爱情完全跟着感觉走，感觉对了，他忍不住就要跟人家表白，结果姑娘们觉得他的感情未免太不靠谱，刚认识不久哪来那样浓烈的感情？

因而，他被拒绝也是理所当然，情理之中。他声称三十年中自己从未有成功追求过别人的先例，他仅有的一次恋爱还是他前女友主动追求他的。

他潦倒失意，在爱的世界里，他是一个彻头彻尾的失败者。

然而，他绝非低头派，相反，他时常表现得趾高气扬，用他的话来说，他习惯在女生面前“耀武扬威”。他是自卑与自大的奇葩综合体。

他面对心动的女生，往往十分害羞，但他笔下的文字可不是这样羞涩，他下笔就洋洋千言万言，抖落一地才华，文中常出现“师妹”或“妹子”等暧昧字眼，别人都以为他是个超级情圣、情场老手，可谁知道他的情感差点空白？

他性情古怪，为人仗义重情，豪爽豁达但爱钻牛角尖。他学识渊博才高八斗，却活在自己的世界里。他走起路来几乎从来不看周围的人与事，昂首阔步，好似整个世界都与他无关，他关注的永远是自己所想的那个世界。

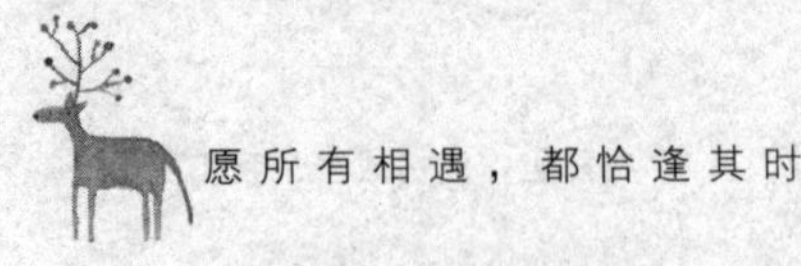

别人说他清高桀骜，大约确实如此。他讥讽这个嘲弄那个，连胡适这样的大博士他也照骂不误，他骂胡适是实打实的大笨蛋——当然他这样说是将胡适与当时一众大师放在一起比较的，他也坦承如果将胡适与普通人放在一起，那胡适就是一颗璀璨的星。

他还骂林徽因，说这个女人有两把刷子，钓凯子功夫一流，但写文章的功夫连三流也不到。他声称这位民国时期的女神连给张爱玲提鞋都不配。

各位，该知道他有多么狂妄了吧！

然而，这只是他的一个侧面。事实上，他的内心充满谦卑。自然，他的谦卑通常只对少数的一些人——一些学识涵养令他敬佩的人，比如他曾经说自己十分敬佩武大一位讲哲学的教授，若此人驾鹤西去，他将面朝湖北三跪九叩。

他面对这个世上的绝大多数人都怀有悲悯之心，在骄傲之外，他有着虔诚的敬畏。

在学问与女人之间，他往往表现得极为天真。前者是敬畏之真，后者是谦卑之诚。“真”字与“诚”字构成了他的人生。

他对女性有着天然的羞涩，在心仪的女人面前，他常常表现得像个急切的孩子。他笔下风流无比，实际洁身自好，我因此常常将《红楼梦》里警幻仙子说贾宝玉的话送给他，并称之为“意淫大帝”。他对此欣然接受。

尽管他在爱情里到处碰壁，然而在找寻伴侣这件事上，他绝不肯降低自己的标准。他的标准也跟别人迥然有别，绝大多数人的女神是白富美，他则不然。

他喜欢聪慧刻薄的女子，他甚至称一个女子之所以会刻薄，皆因为其有才情，因为没有识见和才华的人是不会刻薄的。这自然是他的一套歪理邪说。

我曾经要将一个清华的女孩介绍给他，他起初听说很是欣喜。

后来，我们见面的时候，他第一句话问的不是那个女孩美不美，也不是她是哪里人云云，而是她做什么工作。我答在投资银行。

他赶紧摇头摆手说，千万别介绍了。这个跟我不是一路人。

他就是这样一个怪客。

说他不懂女人，他很是赞成。

就像这一次，他告白失败，半夜在电脑前听我“授课”，感慨自己三十年来白活了，对女人这种动物竟然一无所知。然而，他最悔恨的并非这一次“失恋”，这对他来讲充其量是小感冒。他悔恨的是曾经有个南京的小师妹对他情有独钟，然而，他却稀里糊涂地错过了。

他用“大话西游式”的话语说：“曾经有一份真挚的爱情摆在我面前，我没有去珍惜。如果再给我一次机会的话，我愿意对那个女孩子说我爱你，然后大骂自己一句浑蛋。”

南京的小师妹是他大学校友，我没见过，约略比他小个两三岁。他跟我提起这个师妹的时候，只用“端庄的性感”来形容。我隐约能想到这个小师妹的样貌气质：聪慧灵秀，举止却绝不轻浮。

小师妹如此美丽引无数男人竞折腰，然而令刘复想不到的是，小师妹对他情有独钟。他诚惶诚恐，内心一片喜悦，面上却全是躲避。

事后，他管自己这种令自己作呕的行为叫作装腔作势。他说他最拿手的就是这种欲迎还拒。

明明心里很自卑，觉得女孩样样好，自己一无所有，然而到了他的嘴里就完全变了味。他用各种各样破坏的方式与小师妹相处，直到她以为他一点也不喜欢她。

他告诉我说，在这短暂的三十年里，令他永生难忘的两个拥抱全是这个南京小师妹给的。

几年前，当小师妹在对他各种明示暗示的时候，他却始终抱持暧昧不明的态度。冬天的夜晚，他从凛冽的寒风里归来，推开她的房门，一屋子的温暖包围了他。那一刻，他的心快融化了。

他大着胆子说："我想抱你一下，小师妹。"她羞红了脸，拿一双俊眼瞟了一下他说："你身上太寒凉了，等热了我再抱。"

他于是装模作样在屋子里走动一会儿，搓搓手，然后张开手臂说："来吧，我现在浑身发热。"幸亏没喊出内心狂热。

小师妹扭扭捏捏含羞又含笑朝他走过去，被他一把抱住。她将头贴在他的左边，深深地吸了一口气，好似吐尽了因为长久等待而积攒的所有委屈。

就在所有人都以为他们会顺理成章地在一起的时候，他却不告而别，没人知道他为何要这样。他像攒了一口气，为了宣泄多年来的自卑、压抑，躲在江南某个小镇，开始了一段不为人知的"著书立说"生涯。

他跟自己较劲，跟她较劲，跟自己的过去较劲，跟周围的世界较劲。他将满腔的热情全放在当时写的一本书上，他以为自己靠着那本书便能扬名立万——至少应该出一口气，这样他就可以名正言顺、"趾高气扬"地赢得小师妹的芳心。

小师妹在他消失之后，黯然神伤了一段时间。以她的姿容自然不缺男人的追求，不久之后，她跟诸多追求者中的一个牵手了。刘复知道后很是难过了一阵，他将这种来自肺腑的感伤转化成足球场上的英勇，连续踢了几场之后，光荣负伤，安心养伤养了半个月。

刘复的书出版了，但他并没有声名大噪。奇怪的是，他从阴霾里走了出来，发现天空一片晴朗，像洗了个通体舒畅的热水澡，那

些莫名其妙的抑郁一扫而空，自信心大增。他摸了摸电话，熟练地按下那一串数字，猛地意识到小师妹已经是别人的女朋友了。

他顿时感到无比惆怅。

那时，他已经从江南北上，来到首都北京。他给自己找了份还算体面的工作，然后空闲之余继续卖文为生，有很多次他眼看着就要忘记那个南京小师妹了，可不知怎么回事，一个人的时候，他异常想她，想她那个靠在他左边胸口的拥抱。

他想再次拥抱她一下，哪怕作为告别。

他说干就干，正如他平时说走就走一样。他等不及，马上买了一张高铁票杀到了南京。

他跟南京小师妹约在了乌衣巷，靠近秦淮河边。他潜意识里觉得即便是告别，也要找个合适的地方。秦淮河边风月无限，他对自己的想法十分满意。

小师妹款款而来，在黄昏的映衬下仿佛头顶有光，刘复看了隐隐感伤。这样好的姑娘，当时自己的眼睛怎么就瞎了呢？还能再浑蛋一点吗？他恨不得揍自己一顿。

他们一起逛了夫子庙，吃了不少南京小吃，他给她讲了不少历史典故。这是他的特长，史学方面他一向拿手。好像为了证明自己当年不告而别确有隐情，或者是为了干一件惊天动地的大事一样，他第一次在她面前侃侃而谈不再感到害羞。

天色渐晚，他的胆子借着夜色大了起来。他酝酿着那个再次拥抱她的计划，可是迟迟不敢实施。

他送她往地铁站走，一路上有好几次下定决心想冲上前去，然而各种想法在肚子里转了一圈后，无可奈何地停在了脑子里。他暗骂自己没出息。

在地铁口他又想去牵她的手，结果还是跟着她一路走了下去。

直到站在了等待的黄线外，他还是迟迟不肯行动。

那位南京姑娘微笑着说："还有两分钟地铁就来了，我要走了，下次见面不知又要等上几年！"

她的话像一把芥末，惹得他鼻头发酸，眼泪差点落下来。他终于鼓起勇气说："师妹，我可以抱你吗？"

南京姑娘笑而不语，他张开双臂将她抱了个满怀。她还像上次一样，贴在他的左边。他紧紧地抱住南京姑娘，像要用尽平生力气一样，就在他低头闻她发丝的香味时，一下子感觉到她在用脸蹭他，像一只温柔而乖巧的小狗，用柔软细腻的皮肤触碰他饱经沧桑的脸。

一瞬间，舒服、感动、辛酸，各种奇怪感觉纷至沓来。

在他还来不及消化这个临别拥抱的温暖时，地铁呼啸而至，南京姑娘抿着嘴对他道了声再见。

他一个人站在空荡荡的站台上，空荡荡的轨道上吹来历史深处的风，像是要把他拉回到从前。

他无力地瘫坐在地上。

许久以后，南京姑娘订婚了。他在她的QQ签名上看到了这样一行字：如果你爱一个人，拥抱他的时候一定要靠左边，因为心脏在那儿。

风一来你就会想起他

江汉是杜若大学时的恋人，湖北人。江汉读书早，16岁就上了大学。江汉学中文，杜若学英文。江汉长得又瘦又高，杜若长得又

矮又胖。那时，大家喜欢说她体形丰满。

杜若在遇见江汉之前，早就闻其大名。江汉是中文系出了名的才子，年纪虽小但写起文章来有模有样，用词老到，行文幽默犀利。江汉的文章经常发表在校刊上，杜若特别喜欢看他的文章，她会偷偷地拿剪刀把文章剪下来，然后折叠好放进一个大信封里。

她一个人躺在床上看书的时候，听音乐的时候，胡思乱想的时候，会把信封里的文章拿出来看看。她在心里幻想过一万种他的样子：他有没有女朋友？他喜欢什么类型的女生呢？

她将江汉的名字存在自己的心里，存了两年。两年间她隐约听宿舍里的小姐妹说江汉是个贫困生，靠拿国家助学贷款上的学。她的心瞬间起了皱纹，像一根神经被人拉扯着痛。

她也是贫困生，她明白贫困生在这个学校意味着什么。只这一下，她感到自己与江汉的距离变得近了，从前觉得遥遥不可期待的情缘，如今仿佛近在咫尺，只要她一伸手就能够拉个满怀。

她无数次幻想过，校园里的某个角落有个跟她一样的男生在读书写作，可是她不知道他在哪儿。

杜若天天等那个名叫江汉的男生，可是她从未见过他。她等得心焦，决定不等了。她赌气说："我都20岁了，大二都快结束了，竟然还没有男朋友！求你们帮忙介绍介绍啊。"

我们都当她思春，没人给她正儿八经地介绍对象。韩志却听进去了。韩志跟江汉是同班同学，他说："我把我们班最小的一个男生介绍给你怎么样？"

杜若说："好啊，姐姐我现在空虚寂寞冷，来者不拒，已经不计大小了，老少通吃。"

我说："你好贱啊。"她笑着说："是呀，是呀。"

韩志说了这句话之后，很久不见动静。我们以为他忘了，他当时不过是随口一说。有一天，杜若在图书馆看书，韩志带着他的女朋友孙彤过来。他们的身后跟了一个瘦高个男生，这个人莫非就是韩志要介绍给杜若的？

他们露了个面后悄然离开，之后杜若没再见过那个男生。

那是炎热的夏季，每一天走在校园里都能感到烈日的温度，像要烤干身体里的每一滴水。大家忙着复习，每个人都想争抢图书馆带空调的自习室。杜若说这时候才感觉到有男朋友的重要性。

她自然不用去占座，因为韩志带着江汉一起早早起来去排队。孙彤跟她说男朋友的主要作用就体现在打水、占座等体力活上。

杜若跟江汉恋爱了，她将自己收藏的他的文章拿出来。他发出“哇”的一声，他说：“你这样迷恋我，简直像卓文君迷恋司马相如的琴声一样。不用看见对方的人，就因为那个人的作品喜欢上人家，你真的好不靠谱哦。”

说归说，杜若还是很开心，在她20岁的时候，遇上了18岁的江汉。那时，刚好是大二的夏天，他们的恋情也像烈火一样迅速地燃烧起来。

江汉说：“杜若，你知道初吻是什么滋味吗？”杜若羞涩地冲他摇摇头。江汉一把抱住她，胡乱吻了一气。然后，他说：“这就是初吻的味道。”

后来，整个暑假江汉想念杜若的时候，就紧紧地抿着自己的嘴唇。

她说：“我想去找你，可惜我没有钱。”江汉说：“我也没钱。”

他说自己读高中的时候，为了给奶奶省下三块钱路费，他从县城一路走回了家，整整走了几十里路。

杜若在他怀里哭了起来，他流着泪吻了她。江汉说：“我们就是两个互相取暖的刺猬。”

江汉出生的时候落下了毛病，一到冬天就开始咳嗽。杜若找孙彤借了电锅，然后每天到学校的超市买一个梨子。

梨子太贵，一个要一两块钱。她常常不吃中饭，但是她从未告诉过他。

每次，她挑选梨子的时候花费的时间都特别多。她左看右看，仿佛这个也好那个也好，再看看，又觉得这个不好那个也不好。在一番权衡过后，她终于选了个自认为卖相很好的梨子付钱离开。

我嘲笑她选男朋友都没这样费尽心力。

她将梨子仔细洗干净，然后用刀慢慢地削皮。她削得极慢，因为她平时很少吃水果，更别提给水果削皮了。她怕削得快了，把肉也给削下去。

一切准备停当，然后她将梨子与冰糖一起放在水里慢慢地煮，慢慢地熬。

一个特别大的梨子，最后只剩下碗里的几大块，还有被杜若吃进肚子里的一点梨核。她总是抱怨，梨核太大了。

寒假来了，江汉不知为何总爱跟她吵架，他越来越不愿意跟她见面。他说：“假期里见到父母那样辛苦劳作只换得那一点钱，而我竟然不好好读书。”

他在自责。这件事本来跟杜若没有多少关系，然而，他还是冷落了她。

杜若明显地感到他在一步步抽离自己的世界。

那一天，她给他做了最后一次冰糖雪梨汤。可能是想着江汉态度骤变的缘故，她竟然忘了放糖，就这样将一碗白水煮梨端到了江汉的面前。

江汉还像从前一样，端起来将那碗梨汤喝得一干二净。

许多年后，当杜若再见到江汉的时候，江汉跟她提起这件事，而她一点印象也没有。

他说："你看什么叫一份美好的感情，什么叫一份美好的回忆？这就是。"

一份好的爱情就是你不记得你为对方付出了什么，却记得对方为你付出了什么；一份坏的感情就是你不记得对方为你付出了什么，却记得你为对方付出了什么！

江汉在孝道与爱情之间，选择了前者。杜若一瞬间成为孤零零的一个人。她哭着求他别走。他还是像个逃兵一样走了。

她站在初春的校园，茫然间想起马上她要过生日了呢——他竟然还没有陪她一起过过生日。

她曾经幻想过他们如何组建一个家庭，她要给他生好多个可爱的孩子，然后跟他一起过余生的几十个生日。

江汉走后，杜若开始无休止地做梦，各式各样的梦。她一度怀疑自己得了抑郁症。她晚上不敢睡觉，因为一睡觉江汉就会出现在她的梦里，用各种奇怪的语言惊醒她。有一次，她哭喊着江汉的名字坐了起来，然后一个人埋在被窝里抽泣了一夜。

第二天，她没有去上课。

第三天，她也没去上课。

很多天，她没去上课。

她恍恍惚惚，像个失重的人一样，轻飘飘的。

她不吃不喝，我和陈鸣湘、林嘉轮番劝慰她，全然无效。

她暴瘦了，她满意地笑着，她说："从前江汉觉得我胖，看，我现在苗条了吧？"

她还是整夜整夜睡不好觉，我鼓励她到学校心理老师开的心理诊所去看看。

她去了，我陪着她一起。

后来，她睡得稍微好了点。

我不知道她还会不会梦见江汉。

十年后。

她给江汉打电话说：“我昨夜梦见你了……”

江汉说：“梦见我什么了？”

她说：“梦见你说爱我。”

江汉先不说话，然后说：“我们见个面吧。”

她说：“好。”

江汉站在初秋的画面里，迎着风冲她微笑。她冲过去，想张开怀抱抱一抱他，然而她没有勇气。

她只是淡淡地笑了笑说：“别来无恙？”

他们一起吃了顿晚饭，然后又一起逛了逛。

临分手的时候，江汉说：“你不是说你一见我就想抱抱我吗？”

杜若抿着嘴低头不语。

江汉慢慢地走到她的身边，将她抱了个满怀。杜若在他怀里长长地呼出一口气，他说：“你别哭呀，我的衬衣好贵的呢——你要是弄脏了，你说我要你赔好还是不要你赔好？”

杜若握起拳头，轻轻地打在他的胸口。

她说：“你怎么还这样呀？”

那晚杜若又做了个梦。

她梦见十年前的冬天，一场大雪过后，他们手牵手走在夜晚的校园里。

杜若生气江汉说她太丰满，于是一个人气鼓鼓地往回走。

江汉追上来，一把横抱住她。她举起双手拼命砸在他的肩头，然后喊着：“江汉，你快放我下来！”

路上三三两两的同学朝他们望了过来。

江汉说：“我就不放，除非你不生气了！”

她假意答应他说：“好了，我不气了，快放我下来吧。”

他说：“我不信。”

他抱着杜若走了好久好久，然后在寂静的雪夜高呼一声：“我爱杜若！”

每个人心中都有个丢不掉的名字，像胎记一样印在心里，那个让你丢不掉的名字，你还记得他曾经怎样说过他爱你吗？

我知道风一来你就会想起他，好像风在呼唤他的名字一样。

最后，烟花留在记忆里

苏晓晓是浙江人，地地道道的江南姑娘，住钱塘江边。她出生的时候花团锦簇一派祥和，家里人不知哪根神经搭错了，给她起了个和名妓苏小小差不多的名字——苏晓晓。

苏晓晓的爸爸解释说因为她是破晓时分出生的，又觉得女孩子叫晓晓很好听。他哪里知道什么苏小小？就算知道也只是了解是个名人——跟名人沾亲带故总是好的，管她是什么名人呢？

晓晓长大后倒也没有辜负这个名字，人生得眉眼俊俏，一派江南风韵。

晓晓从小读书就好，再加上样貌一流，从小学开始一直稳坐校花的宝座，她是无数小男生心里的女神。

她眼光颇高，每次找男朋友非富即帅，最不济也是个才子尖子生之流。她的“风流”惹来很多女生的不屑与嫉妒，一个个提起她都是撇嘴，仿佛这个女生要多水性杨花就多水性杨花。

但她是男生心中的宠儿，像电影《西西里的美丽传说》中的玛莲娜一样，她是个让女人憎恨、男人喜欢的女人。

她对自己这一点似乎十分清楚，所以性格怪异，从不跟同性之间有太多来往。她独来独往，或者身边伴着某个神情或得意或谄媚的男生。

因而，等到她考上北京的一所大学后，她已经“阅男无数”，换过N个男朋友。她交往的男朋友，时间有长有短。短的一个月不到，长的半年左右。

人人都说她花心，可是男生们依然趋之若鹜。

可见，这个看脸的世界毫无道理可言。人们总是容易原谅长得漂亮的人犯的错误。

同样的事情若放到某个容貌平凡的女生身上，必定要被唾沫星淹死，然而换成晓晓，一切都变了。男人对待女人是双重标准的——其实，整个世界的标准都是这样，变来变去，看人下菜碟。

晓晓读中文，中文系阴盛阳衰，总共几个歪瓜裂枣被争得头破血流。晓晓曾经目睹了宿舍里两个长相蛮说得过去的女生，因为一个长得贼眉鼠眼的男生老死不相往来。

晓晓看不上系里的男生，总觉得他们酸不啦唧的，说起话来也是阴阳怪气的。但有好几个男生在晓晓面前总是喜欢表现，三句话不离典故，仿佛非如此不能够展现他们的优秀。

晓晓面上笑笑，心里唾骂他们不止一回。幼稚，姐姐什么样大场面没见过？她嗤之以鼻。这些毛孩子在她的眼里简直像刚从娘胎里出来的婴孩一样，软弱无力又天真幼稚。

在不多的几个歪瓜裂枣中有个西北男生显得有些不同。那男生总是沉默，很少说话，遇见晓晓的时候也只是微笑一下点个头就算打了招呼。偶尔晓晓主动跟他说句话，他却一副爱理不理的样子。

她不知道他不是不想理她，他只是紧张，不知道该怎样继续谈话，于是便惜字如金沉默如谜。

他这一沉默不得了，晓晓对他产生了浓厚的兴趣。

她从问他叫什么名字开始，到喜欢什么样的女生结束。

前面的问题他还好答，大方告诉她自己叫秦安。后面的问题可难住了他，因为他实在无力告诉她说自己喜欢的就是她这样活泼阳光的女生呀。

他支支吾吾，答非所问。晓晓意兴阑珊，马上对他失去了兴趣。

从此以后，他不再能引起她的任何兴致。当然，这样说未免有些绝对，他听课认真，做事认真，所以记笔记也认真。每当期末考试来临的时候，宿舍里总派出晓晓做前锋，扮可怜装无辜，一副哥哥可怜可怜我，赏口饭吃的样子。

她的美人计所向披靡，秦安从来不给她什么复印本，而是直接跟她换书，让她拿着他写满方方正正小楷的书温习。

但秦安的作用仅限于此，她对他从来都是用着人朝前，用不着人朝后的态度。

那时的晓晓已经被一大波别的学院的男生包围，哪有空去想他那样的木疙瘩？

晓晓喜欢阳光帅气的男生，比如外语学院的校草李君平。李君平篮球打得好，又说一口所谓的“伦敦腔”，所以他格外抢手。他压根不需要追求任何女生，凭借他那张卖相极好的脸，以及良好的家庭背景，总有让他应接不暇的女生涌进来。

他常年处于谈恋爱的状态中，压根没有精力去关注其他女生，直到遇见苏晓晓。

他比晓晓高一级，算起来也是师兄。晓晓的美貌声名远播，他想不关注也难。李君平跟苏晓晓在一起后，所有人都鸦雀无声了，他们像画报里的金童玉女，样样般配，走在校园里随时都是一道美丽的风景，引得人只有艳羡的份儿，真是专治各种不服。

晓晓跟李君平的恋爱持续了不到半年，那段时间她无数次发现李君平的绅士与友好原来不只对她一个人。

他会半夜三更陪着师姐讨论文学。有一次，他无意中带着得意的神情说他一个师姐深夜给他发信息。晓晓问他是不是有什么事情。他说没有什么事儿，就是她问他徐志摩的诗歌问题。

晓晓气得要死，什么探讨诗歌，要探讨找的也该是她这个中文系的呀。她恨恨不平，跟李君平大吵一架。

李君平觉得她无理取闹，决定不予理睬。晓晓觉得他过于冷淡，终于在心理不平衡中抑郁分手。

校花与校草的分手令校园里许多心怀鬼胎的人暗自开怀，他们用铁的定律证明俊男美女从来都是过眼云烟的亘古传言。

晓晓经此一役，好似突然间明白了所谓的爱情，原来那些附着在表象上的一切竟是那样不可靠，一旦遇到点儿风吹草动马上偃旗息鼓、灰飞烟灭。

从前，总有人跟她说长得好能当饭吃吗？她不以为然，如今她只感到心力交瘁。跟李君平恋爱好似与半个人类为敌，根本不需要他招惹女生，自有勇敢追求他的人，还有大把吊着男友还要跟他暧昧的女生。

这多少让晓晓看不过去，她不能忍受要时刻战斗着的感觉。

她在宿舍里休整了半个多月，然后又满血复活般出现在图书馆、操场、小树林……

她失恋的那段时间，有个人比她还难过，这个人就是秦安。

秦安无数次想要打电话给她，电话号码拨了一遍又一遍，最后还是没有按下那绿色的通话键。

他想给她写一封信，因为这样便可以抒发他绵长的思念以及不安的心痛。可是，最终他还是放弃了这样的念头，因为这是个觉得写信老土的年代了。

他给她编写了无数条信息，字斟句酌，每个字甚至每个标点都绞尽脑汁，好似用尽这么多年所学的一切，然而他能写好一万字的论文却写不好一百字的短信。

每一次他写好令自己满意的内容后，刚准备发送立刻觉得各种差劲以及不合适。他坐立不安，茶饭不思，苏晓晓因为失恋一个月瘦了8斤的时候，他也瘦了——10斤！

当苏晓晓再次关注起他的时候，猛然间发现他眼窝深陷，头发凌乱，整个人像从饥饿的偏远地区而来，她惊奇地问他怎么突然间也像失恋了一样。

她是哈哈大笑地说这句话的，那意思不过是自嘲。然而秦安听了惨然一笑，因为他实在无法说出真实的感受。

后来她从男同学那边听到这样的传言，有人说不善言谈的秦安一直偷偷地暗恋着她，并且这一恋就是两年！

这样的话苏晓晓有些将信将疑，因为他从来不言不语，没有对她表示过多余的一分好。除了给她笔记，别的她再也想不到其他的事情。

又过了一年，他跟她在一起的机会不知从何时开始变得多了起来。

有时，一起吃饭；有时，一起上自习。

但是他没有为她打过水，也没有跟她一起看过电影。

他似乎没有这样的需要和要求，而骄傲惯了的晓晓即便心中有一万种意愿在翻腾，面上还是老样子。

有时，同学们一起出去游玩，秦安倒是主动要帮她背包，给她端茶递水什么的。别的女生见了也要他这样做，他也照做，从来不拒绝。

晓晓开始隐隐有些不高兴。她不愿意承认这种不高兴其实就是嫉妒、吃醋，她想自己那样一个貌美如花的人怎能看上相貌如此平凡、各方面都不突出的他呢？

她以为秦安也许就像李君平一样，只不过他的性格更内敛一点儿。他对每个女生都好，不就是多情吗？

她气鼓鼓地这样想。

她对自己这样的想法颇为吃惊，她发现自己慢慢地习惯了这个人的存在，习惯了他的关怀，就像他是一直守在她身边的一棵大树一样，不管她承受了怎样的风雨，他都愿意为她遮风挡雨。

她开始幻想他的表白，幻想他们的牵手。她见过他的手，长得足够漂亮，修长白皙干净，那是一双艺术家的手，他的手的美抵消了他个性上的烦闷。

晓晓想不到自己竟会喜欢上这个不起眼的男生。

然而，正是这个不起眼的人，对她的态度始终暧昧不明，没人知道他葫芦里卖的到底是什么药。

她好多次想开口，想要从他的嘴里一探究竟，但是话到嘴边又咽了回去。她变得谨慎慎重，再也不能像从前那样漫不经心地开始一段感情。

后来的她才明白，秦安之所以如此含蓄，一来是性格使然，二来是自卑作祟。

他在晓晓面前终究是不安的，仿佛她是条随时准备溜走的美人鱼。他怕自己一旦开口，连朋友也没得做。与其如此，倒不如维持现状。

人生总是有这样的时刻，一切都朦朦胧胧，像烟雨三月的江南，枝头的绿意带来春的希望，但升腾的雨雾遮住了眼睛，让我们变得喜悦而焦虑，心情也随着对方的一举一动忽上忽下、忽明忽暗。

然而，日后回忆起这段不明朗的岁月，人人都觉得那是爱情中最美的一段。因为不确定，所以我们只会闷头生气闷头高兴，不敢大吼大叫，不会大打出手。

晓晓与秦安的关系就这样不远不近地维持了近两年，直到大四最后一个学期。秦安大约意识到再不表白就没有机会了，哪怕被拒绝，至少让她明白自己的心意。

他先把自己的心意告诉了自己的同乡，法学院一个名叫王志的男生。那男生为他出谋划策，要他买一束鲜花，然后在晓晓的楼下抱着吉他唱歌。秦安说这样老套，她能愿意？

王志就说之所以老套是因为用的人多，为什么用的人多，就是因为女生吃这一套。秦安不禁对他竖起了大拇指，不愧是法学院高才生，这逻辑推理能力非他所及。

他精心准备了一周。王志有天神神秘秘地说自己特意为他准备了礼物，一个高音喇叭，负责帮他呼喊。秦安一听赶紧摇头，他说这样太招摇，如今弹吉他已经十分张扬，哪能像电影里那样呢？

他们俩因为都是西安人，所以第一时间想到的皆是张艺谋电影中，姜文花钱请人拿着喇叭高呼“安红，我爱你”的画面。

两人交换一个眼色，默契一笑。王志说：“你管它呢，反正这次不成功就成仁，而且据我估计你多半是要挂了，所以与其这样，不如‘死得其所’，这样多悲壮，所有人都记得你，保证她一辈子忘不了这别开生面的求爱。”

秦安是怀着“必死无疑”的决心的，听他这样忽悠一通，竟然同意了，只是有一条，他只负责抱着吉他唱歌，而喊人的活儿全留给王志。王志拍拍胸脯说这："事包在我身上了，你负责高大上文艺范儿，我负责矮矬穷装傻范儿，绝对衬托你的威仪。"

秦安感激地拍了拍他的肩膀，约定无论怎样都会请他好好吃一顿。

秦安将日子选定在周五的晚上，因为他知道她每周五有躺在床上看小说的习惯。他觉得一个人读书的时候是她心绪最为宁静的一刻，他这个时候表白最为合适。

那晚晓晓在宿舍里看钱锺书的《围城》，看得兴起时禁不住哈哈大笑，正笑得起劲，猛然间听见宿舍楼下一片笑声，笑声中夹着清亮的吉他声，不时有人鼓掌。

她忍不住走到窗前想一探究竟，没想到头刚伸出窗口就听见人群里发出一阵欢呼："苏晓晓，快下来！"她看见在围住的人群里那个抱吉他的人正是秦安。她吓了一跳，四年相处她竟不知道他还会弹吉他唱歌。

她听不清他在唱什么，只听见一群人起哄喊着她的名字，然后一起喊"我爱你"。

楼下的人焦虑不安，不知她会不会下楼，更不知她下楼来会说些怎样的话。就在这犹疑的时刻，王志拿出他的高音喇叭准备对着楼上高呼一句"苏晓晓快下来，秦安很爱很爱你"。

他摸出喇叭煞有介事地对周围围观的同学说了句："都闪开，让我来！"他的必杀器让一众同学笑得前仰后合，等到他亮出嗓子后，人群更是爆笑不止。因为喇叭里喊出这样一句话：高价回收彩电、冰箱……

秦安听了冲他横眉，顷刻间想死的心都有了。他正准备大骂王志一顿，却见王志抓耳挠腮解释说："我真不懂这玩意儿，我找学校旁边那个收垃圾的借的，我以为只要一打开喊话就可以了，哪知道还有这回事……”

两个人面面相觑，周围人嘿嘿笑着的时候，只见苏晓晓款款地走了来，她穿着一条格子棉布裙，脸上带着吟吟的笑意。

秦安的脸红极了，他不安地抱住吉他，只会冲她像个傻子般微笑。他说：“你来啦……”

苏晓晓说：“不是有人要回收旧家电吗？”她说着用眼睛瞟向了秦安和王志两个人。王志赶紧说：“真对不住，兄弟，明明一场浪漫的告白会，让我给搞砸了。”

晓晓说：“这花是送给我的吗？”

秦安这才缓过神来，一把将花递给她。晓晓冲上来抱住了秦安。

有些爱情就像雷电，电光火石，耀眼璀璨，在相逢的一霎已经心驰神往。有些爱情就像静默的一棵树，不声不响不言不语。

我们容易被烟花的绚烂所吸引，但疲倦时我们只想靠着一棵树歇息。

最后，烟花留在记忆里，那棵树陪伴我们终老。

我们都是爱过的，仅此而已

抽烟的女子并不少，但像堂姐那样抽得如此优雅好看的女人，极少。

每次我去她家时，她总是半倚着沙发，用修长的手指夹着一支烟，尖尖的下巴稍稍上扬，迷离着双眼，自然而然地吐出烟圈。烟雾缥缈升腾起来，笼罩着她半张脸。

我坐在阳台的藤椅上，侧过身来远远地看着她，第一次觉得她的忧郁那样美丽。

有时，她也会穿着一双棉绒拖鞋走到阳台上来，风让她指间的烟，燃得更快。看着被雾气笼罩的高楼，她忍不住像过来人那样感叹一句，这座城市，变化真大。

三年前，堂姐是不会抽烟的。

而三年的时间，足以让一个人从年幼无知的天真孩童，变为看透世事的沧桑女子。

很久之前，她时常对我说，她要跟别人不一样。

这话我是信的，不仅因她美得不可方物，更因她骨子中就透出一股令人折服的魔力。

只是我们都不曾想到，为了这份与众不同，她竟要付出如此大的代价。

美丽的人，从不缺乏成名的机会，关键在于会不会把握。

堂姐是有灵性的。当同龄人在大学毕业后，都急于找一份安稳的工作时，她则向父亲要了一笔钱，跟随一个远房亲戚去了香港。

那时的香港，在我们的想象中，是太过奢华的城市，遥远得不可触摸。而她则笃定，那里有她需要的金碧辉煌。

凭着那张魅惑人心的脸蛋，和一副魔鬼般的玲珑身段，她单枪匹马地寻觅着自己的猎物。打工一月挣来的钱，她毫不疼惜地只买一身晚礼裙和一双高跟鞋。婀娜地走在夜不眠的宴会中，争芳斗艳的女人满怀妒忌地假装看不到她的存在，而穿着闪光西服的男人们则饶有兴致地上下打量着她。

她不动声色地手持鸡尾酒，任凭男人前来搭讪，不冰冷拒绝，也不过分热情。她始终是聪明的，知晓自持的女人才能钓来更大更肥的鱼。

“有些人知道如何利用他们的日常生活中平淡无奇的经验，使自己成为沃土。”阿兰·德波顿如是说。我想这话用在堂姐身上，再合适不过。

一年之后，堂姐回来了。

与她一起回来的，还有她的未婚夫。不是她出入的宴会中的任何一名花花公子，而是她去澳洲游玩时，在飞机上认识的知名设计师，公司开到世界各地，资产过亿，父母已移民澳洲。

亲戚们前来吃酒席时，都说堂姐嫁了好人家。伯伯和伯母忙里忙外，脸上挂着的笑容始终未曾熄灭过。

一阵喧嚣之后，堂姐又像风一般走了。留在我脑中的印象，是她手上那颗夺了太阳之光的钻戒，以及她美丽锁骨上那串我叫不上名字的名贵项链。

如她所愿，她变成了自己想成为的样子，而后幸运地遇见了一个在外人看来无须取悦的人。她确实活在童话中，只是旁观人不知道做一个传奇女子辛不辛苦。

再过一年，我大学毕业。堂姐为我订了机票，我第一次来到香港。

下飞机后，她嫌我老土，将行李扔进后备箱后，便带着我去了铜锣湾的时代广场，衣服、鞋子、包包，只要她觉得合适的，丝毫不管上面的价格标签，通通为我买下。

回到家中，已是晚上9点。女佣前来开门，室内虽奢华至极，却有种挡不住的荒凉。

接连几日，我与堂姐都在外闲逛，或是购物，或是去美容。回到家中，却始终不见姐夫的影子。许是看出我的疑虑，堂姐坦言，他们已经分居许久。

我不禁愕然，家中所有人都以为堂姐会一生无忧，而这终成了一个人的一厢情愿。

他凭着过亿的资产，爱上了一个更年轻更漂亮的女孩。作为强势的一方，他并不打算隐瞒，而是极为自然地向堂姐提出离婚。

卡夫卡说得没错：“每个人都生活在自己背负的铁栅栏后面。”

堂姐身上背负着要与众不同的信念，而在这光鲜亮丽的背后，在变为一只凤凰之前，她得忍受烈火的焚烧。不管是不是心甘情愿，她只能接受这一既定的事实。

像是有先见之明一样，堂姐料到会有这样一天，所以在结婚之初，她借用他的财力在时代广场开了一家古驰香水店。盈利之后，堂姐将本金全部归还于他，这家香水店也就归属她名下。

因而，当他提出离婚时，她并未做惊弓之鸟状，而是坚决说不。她见过那个女子，与两年前的自己一样，有精致的五官，掩不住的熊熊野心。她忽然觉得有些悲凉，或许自己也曾这样野蛮而不动声色地夺走过别人的幸福。

然而，堂姐像是铁了心般要拖着他，得到自己所喜爱的物品是那样不易，如今怎会轻易放手。就这样，她从那个更富丽堂皇的家中搬出来，独自一人住在这虽小却样样俱全的房中。她果断地切断与他的一切联系，让他遍地寻不到。

后来，他的公司出现漏洞，对手乘机打压。一夜之间，他一无所有，债家都找上门来。

时常来往的朋友一边美甲，一边劝堂姐赶紧在离婚协议书上签字，免得受牵连。

他的新欢早已悄无声息地藏入人群中，而堂姐当着他的面撕碎那张离婚协议书，而后转让香水店，低价出售自己那一栋小房子，变卖自己的首饰。虽是杯水车薪，到底是全部心意。

对所爱之人放手，并不像我们想象中那样简单。但更为艰难的是，对一个潦倒之人不离不弃。那时，我才知道，原来堂姐爱他爱得那样深。

等到他东山再起，已是一年之后。

他用力地拥着她，说着再也不分开。而堂姐拿出一张离婚协议书，要他签字。

爱过，就足够了。与众不同过，也足够了。三年的时间，经历这么多风波，她觉得倦了。

放弃一个人并不是那么简单，但要不离不弃，更难。

离婚之后，堂姐在北京租了一间带阳台的屋子。

看着她娴熟地吐着烟圈，我忽然想到《似水年华》中的片段：

我们爱过吗？

爱过。

有多久？

好像是一瞬间。

然后呢？

然后是无尽的挣扎和折磨。

我们是爱过的，可也只能到此为止。那些不安分的闪着光的年华，就当作一段浮光掠影吧。

他安静地躺在她的电话簿里

小方是个东北姑娘，人长得白白净净，一双青杏眼尤其漂亮。她高高的个子，于人群中兀自鹤立鸡群。

她学园林艺术出身，但酷爱文学，写一手漂亮好文章。她没干

过一天正经园林方面的活儿，也没干过一天跟文学挂钩的工作。

小方有着天不怕地不怕的劲头，说话快言快语，用她的话说，那叫“彪”或者叫“虎”。

有一次我跟她一起在云南采访，她是主力，我负责在旁边听着，偶尔查漏补缺。她一向充满自信的东北普通话，没想到在哈尼族老人有限的听力那儿遭遇滑铁卢。她费了老大的劲儿，对方仍是一脸茫然。

采访结束后，她一脸无奈的样子说：“难道我说的话不普通吗？”

她就是这样可爱。

小方大四毕业那一年，刚好有省台到学校招人，小方出众的外形，外加对编导略通的文艺范儿让她极其顺利地进入了省卫视。

小方做了数不清的节目，然而没有一期内容是她感兴趣的。不是大爷大妈闹婚变，就是哪里小区业主维权，再不就是大奶找一伙人暴打二奶小三的。

有时也弄点高大上的文化节目，比如东北二人转。

小方一颗文艺范女神的心不堪种种节目摧残，最终在卫视待了三年多之后，决定辞职南下。

当时她的举措让无数人不解，尤其是她的父母。她是家中的独女，长辈心中的掌上明珠，他们不能想象这样一个大姑娘要“离家出走”。

妈妈苦口婆心地劝，然后嚷嚷着大嗓门开骂：“好日子不过，一天到晚瞎折腾。没人给你做饭，饿死你！”

爸爸则说：“你再好好想想，别人想要这个工作都要不到，但是，你想好了，老爸就支持你！没钱的时候给我打电话。”

妈妈白了爸爸好几眼。

小方江苏、湖南、上海、浙江走了一大圈，后来终于在北京落了脚。她还是干老本行，做编导。

有那么两三年，她一直处于四处流浪的状态，我曾问过她："你是否后悔辞职？"

她摇摇头说："尽管今天我的薪资不稳定，可是，如果没有这样的漂泊，我不会知道什么叫生活，不会知道人世间原来有那么美丽的风景，有那么多有意思的人，以及许许多多命运不同的人生。我会像坐井观天的青蛙，整天守着自己的一亩三分田，以为那就是天与地。"

她手里夹着一支白色的细细的女性香烟，慢悠悠地吐了个烟圈，忽然转过身，丢给人一个嘴角上扬的极其优雅的笑容。一个抽烟的女人原来有这样美丽的时刻。

小方是不折不扣的美女，但是她没谈过一场正正经经的恋爱。

当我们在西藏一个僻静的乡村卧谈时，她为我讲述了一场她唯一的爱情往事。

她去过西藏多次，一待就是好久，她就是在西藏拍纪录片的时候遇上了某卫视一档著名节目的摄影师韩勇。

那时，韩勇刚离婚不久，胡子拉碴不修边幅，穿着摄影师最爱的户外运动装，不苟言笑，整天拉着一张你欠我八百块没还的脸。

全剧组只有小方一个人敢对他呼来喝去，而韩勇对她咋咋呼呼的性格颇不感冒。但她是编导，有时摄影师就是个机器——完美执行导演下达的任务即可。

后来小方每想到此都感到十分难过，觉得自己没有照顾到他的心情。他是大名鼎鼎的摄影师，而自己是名不见经传的小编导。

其实正是她这种初生牛犊不怕虎的样子，令韩勇刮目相看。

小方是个特别爱学习的女孩，只要休息，不是看素材就是与摄

影师探讨拍摄问题。一个摄制组有好多个摄影师，她谁都不找，只爱找韩勇。

韩勇起初爱理不理，完全沉浸在自己的痛苦里，对谁都苦大仇深，后来经不住小方软磨硬泡，硬是给了她不少建设性意见。小方心下对他十分佩服。

他们整日在一起讨论片子问题，聊着聊着就从拍摄问题过渡到了两性情感。韩勇也想不到自己会将老婆出轨这样的离婚细节告诉小方。

小方听了以后没心没肺地说了句："我要是嫁给你，保证不会这样对你！"

韩勇听了瞪大眼睛，一时不知该做出怎样的反应，几秒钟后，笑了笑说："谢谢。"

就是这一笑，不得了，要了小方的老命了。

小方爱上韩勇以后，莫名其妙变得神经兮兮。她开始埋怨自己没有带漂亮的衣服去西藏，只能穿户外装，她突然怀念起留在北京的长裙。

她第一次嫌弃自己不够温柔，嫌弃自己不够体贴，嫌弃自己不能做个小女人。

一度，她觉得自己这样的女汉子十分好；可是，现在她后悔了。她想说，为你，我愿意拔光身上所有的刺，只要你肯给我一个温暖的拥抱。

也有人说她像骄傲的玫瑰——还是带刺的，她哼了哼，她是没法温柔了。

她开始每天晚上给他发微信，无论多晚。一开始，她总会聊两句当天的工作。编导找摄影师谈工作不是再正常不过的事情吗？好借口。

他们的聊天内容越来越跟工作毫无关联，聊得越来越晚，有时从晚上十点能够聊到凌晨一两点。一晚上要说好多次晚安，每一次晚安之后又是一长串的对白。

小方在拉萨过生日，摄制组里的人早就看出他们的端倪来，于是有人为她策划了一场别开生面的生日宴会。

她以为自己要一个人在陌生的高原城市过生日，想不到晚间收工以后，有人将她带到一个饭店的包间。她的眼睛上蒙着一条红色的丝巾，当她摸索着推开门从脸上扯下丝巾的一刻，发现韩勇就在她正对面，正微笑着看着她。

小方的身后是全剧组的人，而她的眼前，只有他。他的面前摆着一个生日蛋糕，蛋糕上写着：祝玫瑰女王生日快乐！

他对她说："生日快乐！"

她的眼泪一下子涌了出来。

剧组的人起哄，抱一个。

小方的头低垂着，她的眼睛却悄悄地转向韩勇。

他靠在她的耳朵边说："生日快乐，小刺猬！"

两个月的拍摄结束了，所有人都是一副依依不舍的样子。小方尤其如此，她不知道将来还能不能再见到他。

她的心中满是离愁别绪。

在大昭寺的金顶那儿，她对韩勇说："让我们在这儿道别吧。"

韩勇不说话，一脸忧伤地望着她。

分开的时候，彼此都发现自己的胸前多了块泪痕。

什么是离别，什么是爱情，那一刻小方觉得夕阳下哭泣的他们就是离别，眼泪就是爱情。

小方再也没见过韩勇，他安静地躺在她的电话簿里。

有些爱情就是这样，明明什么都对，但就是无法在一起。她哭

着对我说：“第一次知道两人相爱，没有任何阻力也可能无法在一起。”

我无力解释她的爱情，任何人都没有解释他人爱情的能力。

小方和韩勇的相逢错过了最好的时间，他是一架时间错了的钟，而她显然不是一个有耐心的机械师。

韩勇的心还没有痊愈，暂时失去了爱人的能力。

有时，我们就是这样相逢，在最糟糕的季节，爱得稀里糊涂，最后无疾而终。

牵你的手，我不慌张

顾大四，我已经忘记他的真名，只记得他在家里排行第四，所以我们喜欢叫他“大四子”。大四子发育极早，初二时候的他竟然有一米七几的身高。他的衣服总是不太合身，要么肥肥大大，要么皱皱巴巴，我猜测可能是他兄弟的。

他肤色黝黑，但长得并不难看。

他喜欢唱歌，歌唱得只能说一般。一群男生经常取笑变声期的他，说他的嗓子就像公鸭子一样嘶哑难听，不过公鸭演唱会却并不因为有人嘲笑而罢唱。

顾大四的演唱会，起先只是我们课余生活的调剂品。没有固定听众，常常是三五个人围着他点歌，他似乎很享受点唱机的功能。

后来，总是那么三五个人，于是他有了自己的粉丝。在他为数不多的粉丝中，有一个满脸雀斑的女生。女生名叫小花——时间太久，我只能叫她小花。

小花长着一张极为漂亮的脸，眉眼俊俏。原本是一张九十分的脸，但因为斑斑点点，她的脸只能打七十分。

即便如此，她的脸仍然美丽，对一两个男生拥有致命吸引力。这一两个男生中就包括歌神顾大四。

小花的名字虽然恶俗，但气质不俗。在大多人还不懂得何谓女人味的时候，她就早早地将自己打扮得像个女人。她穿着得体的衣服，即便那衣裳破旧不堪，她也穿得十分干净。她喜欢笑，笑起来的时候嘴角有个浅浅的酒窝。

她高耸着自己的胸，每天挺着一对美妙的乳房晃来晃去，晃得歌神的眼睛直发晕。那时，绝大多数的女生几乎还是平板一块，内衣穿的是肥大宽松得像白色抹胸一样的东西，而小花穿的是所谓的文胸。

夏天的时候，她不能穿浅色的衣服，否则会从背影里影影绰绰显示出文胸的颜色与形状。男生经常偷瞄她的背——想必没有勇气盯着前面看。

小花从不为那两坨肉感到羞愧，她展现出来的全是骄傲，好像有了它们她就是一个魅力四射的女人。事实上，她确实像个女人般妩媚。她笑起来的样子，足以融化跟她一样早熟的男生的心。

小花向顾大四点歌的时候，特别喜欢点周华健的歌。顾大四一开始诚惶诚恐，用他略带沙哑的嗓音为她唱《花心》，唱着唱着声调就变了，多了点醋味和火药味。小花有些不高兴，听歌的群众不明所以。

原来一中有个痞子看上了小花。那个人花钱阔绰，常送点丝巾、发夹之类的礼物给小花。小花照收不误，然后将发夹夹在她一头乌黑的秀发上。这让顾大四颇为不满——但他这种所谓不满，只

能暗暗放在肚子里，毕竟小花那双俏丽的眼睛还在流连观望，她还没将自己的手放在顾大四的手中。

那段时间，顾大四的演唱会没有以前热闹了，他往往从头到尾只唱一首歌——《让我欢喜让我忧》。

他究竟唱了多久，或者说唱了多少次没人知道。总之，他每天得空就在唱，不管有没有人听，他都要唱，唱得忘我，脸上常挂着自我救赎的神情。他唱这支歌的时候，总会习惯性地瞟一眼小花，好似小花就是那个让他欢喜让他忧的女人。

眼神哀怨，歌声凄恻，有一两回，教室里只剩下几个人的时候，在幽暗的空间里听见他那样凄婉地唱歌，我差点掉眼泪。

单曲循环持续了半个月左右，有一天，他不知从哪儿借来了二十多块钱，给小花买了个录音机。顾大四走到她的面前，熟练地打开盖子，将周华健的盗版专辑放了进去，然后用食指按了下去。周华健清澈的嗓音立刻像天女散花般飘散在教室内外，那一刻，我们都嫉妒小花。

小花感动得手足无措，她收下了顾大四的礼物。从此，她头上不再扎着痞子送的发夹，脖子上也没有痞子送的丝巾。

顾大四的演唱会彻底停办了，变成了小花的专场，他常常带着小花在校园外的杨树林里唱歌。

班里的语文老师是个“缺德鬼”，至少当时在我们看来，他尽干些法海一样的棒打鸳鸯的事情——动不动就喜欢到杨树林里抓早恋的学生，像顾大四和小花这样的学生，自然是重点打击对象。

有人给顾大四通风报信，他们便和语文老师开始了漫长的游击战，东奔西躲，有时竟然要跑到距离学校一里多地的河边。

有一次语文老师在班里通报他的战况，不点名批评了一些人，明眼人都知道他说的是顾大四。

语文老师说：“你们才多大呀？十几岁的小孩子知道什么情呀爱的。”

后来的我明白爱情跟年龄无关，跟天分有关。有的人活了一辈子也没搞明白爱情两个字。这尘世每天有那么多的男男女女说着爱与喜欢，少有人真正彻底明白爱情。

就像那个经典故事一样，我们行走在麦田里，左看右看想摘取一束自己认为最饱满最好的麦穗。有的人光顾着欣赏麦穗，左右摇摆举棋不定，当他走完麦田的时候，才猛然发觉自己竟然空手而归；有的人迫不及待地摘取了看见的第一束麦穗，顾大四就是这样的人。早早摘下麦穗的人未必就是不懂欣赏麦田的人。

顾大四跟小花的恋爱本来也没什么稀奇，所有人都以为童话故事到此结束。

两人都是传说中的学渣，老师对他们爱理不理——除了语文老师；父母对他们同样放任不管，以为他们中学毕业就该去苏州、上海之类的地方打工。

因而，两人在校园里不过是混日子，名正言顺地耗在一起。以爱情之名，在最美好的时光里漫无目的地相拥，就这样浪费大好光阴，浪费春光，这真算得上天底下最好的一桩事。

然而人生是这样一趟列车，当你幸福地闭眼打盹时，它会以一种突如其来的方式来个急转弯，杀你个措手不及。

顾大四跟小花恋爱不久，有一天下晚自习回家的路上，一中的那个痞子带着两个“兄弟”过来找顾大四。

痞子装腔作势地拿了木棍，掐着腰横在路上，嘴里叼着一支烟，斜睨着一双眼，那样子仿佛顾大四在他眼中就是一坨屎。

小花想拉着顾大四快些走，可顾大四像石像般立在那儿一动不动。

痞子说："想走？这事容易也不容易。叫我一声老子，我就放了你！"

顾大四怒火冲天，握着拳头就想冲上去，被小花拉住了。

最终，顾大四一个人赤手空拳与三个人打了一架。伴随着顾大四的哀号声和小花的惨叫声，痞子带着两个人迅速地消失在夜色里。

顾大四的头上缝了好几针，一只胳膊断了，吊了根绷带在脖子上。

一周后，他以这样的形象出现在学校里。顾大四先是被班主任叫过去谈话，然后是年级主任，最后是校长。

顾大四被开除了。

他走的那一天，同学们心里很不是滋味。有人喊着说："大四子，你再为我们唱首歌吧。"顾大四说："好，《风雨无阻》好不好？"

同学们围着他鼓掌欢迎，有人把手都拍肿了。第一次，大家没有嘲笑他难听的公鸭嗓子。他唱完之后，几个平时跟他要好的男生走过去拍了拍他的肩膀。

小花一直在默默地哭泣，她的眼睛不复有从前的神采，总是若有所思的神态。

顾大四背着他的书包昂首挺胸地离开了学校，他没有告诉我们他要做什么。

他走之后，同学们一直没有见过他。这样算起来至少有十五年之久！时光是一个不动声色的小偷，偷走了所有的不堪、伤怀，留下满世界的美好与宁静。

小花读完初中之后，去向不明。

大家都以为他们大概像所有年少轻狂时候的爱情一样，热度一过烟消云散。

等到我们大学快毕业的时候，一个老同学听到了这样的消息：顾大四早早地去杭州打工，攒了一点钱。等小花高中毕业的时候，他去她们家提亲。两个不是王子公主的平凡男女终于幸福地生活在了一起。

当我们还在寻觅另一半的时候，他们已经儿女忽成行。

我很高兴，这个平凡的故事有了平凡的结局。

年少时候的爱情像春日里开满枝丫的花朵，当时绚烂芬芳，可是一场风雨过后，往往碾落成泥，即便是结了果子，总是酸涩难以下咽。

像顾大四和小花这样芬芳满枝丫的，让人从心底里开心。

人生就是这样，在别人的不幸里照见自己的幸运，在别人的幸福里洞见自己的遗憾。

我要的拥抱，你看不见最好

对于罗新婷来说，最渴望的就是能穿着婚纱跟心爱的人走进教堂，举办一场只有亲朋好友到场的婚礼，再生一个大眼睛的萌女儿。当然，那个心爱的人不用是宋以朗。

16岁时候的初恋，她从没想过他们要去到什么样的未来。他们写过比《红与黑》字数还要多的信，从课堂上拜托同学传纸条，到每个晚自习后交换书信。

“喜欢你”是说过的，但“爱”是什么，没人敢彷徨地提起。未来就像是昨晚那场梦里远方的桥，很远，云雾缭绕，有非常陡峭

的山涧。谁都不知道要不要踏上那座桥，去看看山后面是什么。

那时候的感情像什么呢？是罗新婷生日的时候宋以朗送的一大盒糖果，还是宋以朗说自己是双鱼座，罗新婷就绣了幅歪歪扭扭的鲤鱼刺绣给他？

也许都是，也许都不是，但每一天吃一颗糖果而感到的甜蜜，以及把刺绣悄悄压在枕头下，幸福到梦里开出花来的日子，却是真真实实刻在彼此的记忆里，许多年都未曾磨灭。

宋以朗第一次吻她的时候，高考刚刚结束。北方小城六月底的夜晚，风吹得人很舒服，她靠在宋以朗的肩上，像喝了酒一样微醺。

谁也没有说话，不知过了多久，宋以朗突然低下头。她感觉有柔软的触感落在嘴唇上，接着是不知什么湿润的东西分开唇瓣，抵在了牙齿边上。

罗新婷的脸几乎要烧起来。那是他们的第一次亲密接触，爱情走到那个时候，还是一点不带杂质的甜美，和初夏的晚风一样，汹涌又沉醉。

罗新婷做过很多现在想想都觉得自己傻得不行的事。

比如，宋以朗开学后，她就住到学校对面的闺密家，用刚买的望远镜看看能不能看到他；再如，在俩人异地恋的半年多里，她几乎每晚都抱着毕业离校那天偷偷从宋以朗抽屉里拿走的那本物理笔记本睡觉，因为那上面有他的字迹，还有他在最后一页写着的“罗新婷，我会一直和你在一起”；又如，她到宋以朗的学校看他，总是站在他上课的教室门口等着，就是想以这种姿态告诉他新班级的小妹妹：他已经有我了，谁都不要惦记了。

分手来得很突然。大一下学期的情人节，她有些娇嗔地给宋以朗发短信：“这是我们第一个不在一起的情人节，好想你。”她还没来得及发下一条“你可不可以来看我”，就收到宋以朗的一条短信。

罗新婷不太记得那条短信的具体措辞是怎样的了，大意是，高中班主任说的是对的，我们上大学了还是会分开，虽然很对不起，但是还是不想耽误你云云。

罗新婷真的没有感觉到任何要分手的预兆。如果硬要说有，好像是前几天宋以朗上课时误发一条短信给她：“那你为什么要剪短发呀？”带点撒娇意味的聊天语气似乎在宋以朗和她之间很久没有过了。

也是过了很久，罗新婷才知道，但凡男生主动说分手，那一定是有了新欢。可在当时，罗新婷的震惊远远超过了那个夏夜的吻。

那时正在热播《失恋33天》，她一个人在影院哭出来，电影里放，“你可不可以原谅我，可不可以再等等我。等等我吧，前路太险恶，世上这么多人，只有你，是给我最多安全感的伴侣，请不要这么放弃我。我不再要那些一击即碎的自尊了，我的自信也全部都是空穴来风，我要让你看到我现在有多卑微。你能不能原谅我，请原谅我……”

是的，在刚刚分手的那一个星期里，她也曾经如此没有尊严地去挽回、请求过。

那时，罗新婷在图书馆新办了张借书卡，把密码设成了宋以朗的生日。和同学聚会，在KTV同学唱了一首《我们说好的》，“我们说好绝不放开相互牵的手……”灯光昏暗，她的眼泪直直地流下来，谁也没看到。

后来她还是知道宋以朗有新女朋友了，是通过QQ空间他换签名的时候和另一个陌生女孩亲密的互动留言。

她当然也有过一瞬间的愤怒和怨恨，但是很快又化作了对自己的指责：一定是你不够聪明，不够活泼，不够大方，不会化妆，不会跳舞……甚至，肯定是因为你没有留那样温柔的长发。

罗新婷偷窥过他和那个她的微博，用“悄悄关注”来看他们每天的更新，几乎都是彼此的互动，亲昵的称呼。那个时候，罗新婷简直要觉得自己心理扭曲，这么来折磨自己让心更痛，到底是为什么。但她控制不住，还强装以同学的口吻在微博评论里留言，同时每天都去翻那个女孩的相册、人人、QQ主页，想找出更多她的资料。

直到她终于意识到，自己生出了一副让自己都厌恶的嘴脸，就像灰姑娘那些恶毒的姐姐一样，她才停下来。

不再“视奸”那些信息的日子，像脱下的蝉壳一样空虚。罗新婷用“那个女孩长得有点像我，说不定是我不在时候的替代品”来说服自己，然后课余开始和朋友天南地北地玩，在社交网络上故意装出花痴的样子，公然称赞别的男生长得帅，还开始转发肌肉男的照片。后来她索性做了三个月的家教，拿了钱后办了张健身年卡，每天下课后在健身房里累得死去活来。

她当时的念头很简单：要让自己变瘦，变白，变漂亮，就是为了有一天倘若在街头遇上了，能够全方位360度地俯视他后来的女朋友。

有一天，她从学校外面回来，在公交车上，司机一个紧急刹车，她下意识地握紧了手环，但还是倾斜了大半到旁边人的身上。而不远处的一个女孩，就软软地倒在了男朋友的怀里。

刚到这个城市上大学的时候，罗新婷多次乘公交车，都遇到过这样的情境，那时候她总是在想，要是宋以朗在就好了。

而那一次，她松开因为太过用力而发白的手指，并抱歉地和旁边被自己撞到的人说对不起的时候，才发现，自己真的已经不在乎身边是否有宋以朗扶着了。

她在大学毕业离开那座城市的时候，曾想过去图书馆销卡取回押金。当系统跳出要“输入密码”的时候，她回过头问工作人员：密码是几位数？工作人员告诉她，六位以内都可以。她又在机器前踌躇了好几秒，按下六位数字。当系统进入“下一步”的时候，她才意识到自己刚刚输入的六位数字是什么。

她知道自己终于放下了，虽然还是有想念，但是那些想他看见自己有多伤心，想他舍不得，幻想了一万遍缠绵悱恻复合场面的时光，真正切切地过去了。

她也不需要一定要有一个人，马上来替代宋以朗的位置，不管他离自己有多么近，这一刻有多么温情。

7岁的时候喜欢古筝，就算手指生茧也要在台上表演一场；12岁的时候喜欢画画，即使只能一个人待在画室里对着石膏看着小伙伴们出去郊游也要继续下去；16岁的时候和暗恋过的人在一起，受过伤，也流过泪。

回头看已经过去的岁月，喜欢的东西总让自己感到疼痛，但幸运的是，那些事情和人都无一例外让自己变得更优秀或者更强大。因此，就算被伤害，也无妨热爱。

“要保留精力去迎接那个未来对的人，要让自己变成值得爱的人，而不是将精力随便浪费在一个人身上。”

罗新婷把那本封面印有凡·高《夜间的露天咖啡馆》的物理笔记本锁到抽屉里，展开一本新日记本，在扉页上写道。

你是我心中不能回去的幸福

我们还小的时候，以为世界和数学题一样，总有一条路是对的，总有提示告诉我们怎么走。

当我们看到的世界越来越大，就越来越明白，无论什么东西，无论多么想要，它都不会原模原样地来到你的手心。世界捉摸不透，和爱情一样。

故事的主人公小群在20岁那年爱上了一个姑娘。塞林格说：“有人认为爱是性，是婚姻，是清晨6点的吻，是一堆孩子，也许真是这样的，莱斯特小姐。但你知道我怎么想吗，我觉得爱是想触碰又收回手。”

我以为这就是小群对7的感情，对，就是那个高中高他一级，高考落榜复读，后来上了和他一样的大学，分在同一个班的姑娘。

如果这份爱情来得再早一点，或许成全的是一段期期艾艾的初恋；如果来得再晚一些，或许就掉入叔本华所说的源于生殖冲动的爱情陷阱了。所以有些人的缘分就是，来得刚刚好。

7是个极文艺的姑娘，小群反反复复地说这一句话。她画一手好画，写一手好字，英语和法语都说得极溜，连说笑话的时候，眼神都俏皮迷人，她喜欢博尔赫斯，喜欢叔本华，喜欢摇滚，如果一连好几天看不见她人，也许是她又翘课去北京看音乐节或者去听音乐会了。

如果说每喜欢一个人就学会一种技能的话，大概每个人活到后面都能技艺满身了吧。但实际上，只有在初爱上一个人的时候，才会迷恋似的去学她最擅长的画，读她爱读的书，听她喜欢的音乐，和她一同喜欢某个明星。

小群说："一直到现在，我看书听歌的口味，写字的风格，都是20岁的时候在她的影响下形成的。"

20岁那一年到底发生了什么呢？

小群这几年已经很少回忆从前了，只是有时候喝醉后会想起当年仿佛发生了很多事又平息了很多事，很多人出现了又消失了，有人拉住他的手又放开，但是具体那些面孔，都模糊得想不起来了。他早已不记得那些故事的真伪，只记得那些笑的模样，留下的美好。

他记得那一年圣诞节，他约7出来吃饭，因为晚到了10分钟，被7抱怨了一个晚上，直到他送7回宿舍，7都板着脸不愿说再见就转头走了。

直到现在，小群在每一次约会有可能迟到的时候都会感到紧张，会害怕被喜欢的人苛责。那些因为年轻而敏感的细节被放大到他现在的生命里，隐隐作痛。

毕业那场狂欢中，小群每天都在和不同的人喝酒。最后一晚他约7来，说："我要去北京了。"7说："我知道。"小群期待她再说一些什么，又很害怕她再说一些什么。

我问小群："如果当时她要你陪她去另一个城市，你愿不愿意？"小群说他也不记得他当时是怎么想的了，但是如果回到从前，他也许还是不会放弃去北京。

7说："你要没什么事我回去了。"小群说："好。"他看着她上楼，他在楼下站了3个小时，烟蒂散了一地，午夜后他才转身去了最好的几个兄弟的场子喝酒。

那一天他喝得很凶，走出酒吧时他眼前一片模糊。后来他被送进了医院，发高烧，胸腔积水，几乎全班同学都来看他，只有她没来。他很淡然，好像她没来才是正常的。

对小群来说，毕业就相当于青春的散场。往后的时光里，他奔走于熙熙攘攘又冷漠的城市，工作、赚钱、拼酒、恋爱。

他知道光怪陆离的灯光下他的内心变得多么黑暗龌龊，连他自己都不愿意面对。孙燕姿唱，多少次失望表示着多少次期盼，事实证明幸福很难。

小群也有过一段很长时间的恋爱。他每天开车到她上班的楼下，开着暖风等她下班，为她开车门，一起去人少的地方吃饭，听她讲她们公司极品老板的笑话。

他们在一起四年，他以为结婚是顺理成章的。有时候他也觉得这样的生活很平淡很乏味，但是当时老狼在唱，一万个美丽的未来，抵不过一个温暖的现在。

后来他跳槽进入一家业内最好的公司，到另一座城市培训，也许是繁华再次激起人的欲望，他又开始约各种姑娘。而几乎与此同时，他发现他的女友也劈腿了。他很快分了手。他觉得很可笑。

我问小群是不是对爱情很失望。他说："这世上，有些人，走着走着就散了，浮生若梦，青春与爱都在时间里一去不回了，很难说20岁那一年算不算爱情，但是现在你看，谁还会动情和认真。爱情不是时间名词，可爱情是什么。我必须害羞地说，真爱和性欲一样始终困扰着我。"

直到2012年春节，一个老友邀请他参加婚礼，末了说，7也会来。他一时语塞。犹豫多日，老友婚礼前夜，他收到一条陌生号码的短信："你明天去吗？"后来他们约在"老地方"见面。那天他等了很久，打了无数个电话，他几乎认不出她来。

那天晚上他们喝了很多酒，说了很多话，那些被尘封的细节像

刻意收藏起来的潮湿旧信如约被打开，他无比清醒又悲伤地发现，那么多年来他一直在那个人的照片上滑倒、踉跄，而旧时光，真的已经是人去夕阳斜了，遗憾远远不能描述这些年横亘在彼此中间的大片空白。

后来他们都喝多了，小群没有亲自送7回家，而是拜托了另一个同学。小群回到家后，犹豫了很久，最后还是借着酒劲给7发了一条短信。

“我一直犹豫要不要告诉你，你是这个世界上最让我心疼的为数不多的几个人之一，没有人让我有如此长久和深厚的惦念。不管你相不相信，也不管你会不会嘲笑我的酸腐和卑微，或者对你来说可能毫无意义。我只是希望在以后的某个时刻，你想起我，和那些时光，还会有一点点，青春的温暖的感觉。仅此而已。”

7打电话过来，小群一接就听见她的哭声，小群也哭了。挂了电话，7给小群回了一条短信，她说：“对于我来说，你不是毫无意义。否则我不会哭着给你回复，一切如你所说，我想你懂得。”

屋檐下辗转不眠的沉默，一首一首的歌静静地流过，那些年月，彼此都珍惜过在一起笑过的时光。

在最年轻的时候他们曾自娱自乐地演出，不能自拔不能退出，然后时光淘沙，谁也回不到最初，就像那句话说的，再见，我们曾一起出现的时间，和下落不明的此后多年。

小群想起毕业第二年7来北京，他带她去听李志的演唱会，雍和宫星光现场人头攒动，李志在台上唱《想起了她》，他一时恍惚，却听见她在身旁跺脚说口香糖粘住了鞋底。

后来她回上海，他一个人走在夜幕垂下的护城河边，看见月光如盐撒在生锈的秋千上，他走到凌晨，空旷的北二环上风声呼啸，他终于觉得冷。

也许有些悲伤从来就不会有答案，曾经在照片上的那张笑脸，陪伴我们漂洋过海经过每一段旅程，我们用来守护自己的天真。

也不是说那个人有多么好，而是那时我们正年轻。时光淘洗掉所有的不愉快，那个人被我们自己的想象打磨成了最完美的样子，变成多年来纪念爱情的标本。

在爱情里低到尘埃过，在青春里摸爬滚打过，也许是这一生中最惆怅的回望时光。留下的究竟是什么，已无所谓。总有一些人，一些事，会是我们心中永远的秘密和幸福。

你曾是我心里，最想留下的地方

现在被奉为“亚洲治愈女神”的新垣结衣，其成名作大概许多人都看过，是日本经典纯爱电影《恋空》。电影里，新垣结衣饰演的美嘉，和三浦春马饰演的弘树，演绎了一场甜美早恋。

被前女友报复，被强暴，失去孩子，都不算什么，因为有他在，走到哪都是希望。后面的剧情很俗套，弘树患癌，不忍拖累美嘉，于是提出分手。

告别轰轰烈烈的初恋，美嘉开始和一个在今天可能被称为“暖男”的男生谈恋爱，他安稳踏实，知道她心里有过别人，却甘做一片温柔广阔的海，她的生活里再也没有出现过那样“暴烈而醉人”的事件。直到美嘉知道了弘树一直隐瞒着自己的悲伤秘密。一切再次被打破。

我有个好朋友，总爱拍她头顶的天空，无论身处何处，然后寄给她的男朋友，告诉他，这是她想念他时的天空。

后来他们分开已经很长一段时间了，她跟我说，她突然梦见了他，场景却不是在学校而是在她从未去过的他家。

他不再留着清爽的刺猬头，他给她看他的手指，不再戴着以前他们戴过的那款“执子之手，与子偕老”的简洁对戒，而是镶嵌了昆虫和其他奇奇怪怪的造型的戒指。

她说，一觉恍然，他已经不再是我爱的干净模样。

分手的时候，她和他才异地了半年，但对于从未分开过这么长时间的年轻情侣而言，像是过了半个世纪。

在最后那段时间，他们的内心都生出许多不确定，他们都在试探对方，犹犹豫豫地问过好多次：“你还爱我吗？”双方都是小心翼翼地说：“不知道。”

然后都彼此伤了心。过了很久，经过了许多变故，他们都将要在他人的怀抱中忘记对方的时候，她突然梦见了他。

“还梦见，我很坚定地，一字一句地对他说，我还爱你。而他看着我说，我也是。”

她告诉我，在经过那些深深了解的过去，这场景就像是他在这一场变故的废墟中对自己的最后交代。她几乎要忘了那只是个梦。

但确实只是个梦。她把他放在了一个不会遗忘也不会再取出的位置。那个位置，是美嘉最想留下的地方。是美嘉说“你曾经幸福过吗”的地方，也是弘树说“曾经的我很幸福”的地方。是他们最终回到的原点，是爱情开始的地方。

但他们都无法再为对方做什么了。

为什么短暂的初恋总是让人无法忘怀，总是让人在某个梦境挣扎开来的时刻，还要自欺欺人地哭出声？

为什么有些人甚至无法回到生活的正常轨道，当作什么都没有发生？因为他已经走了太久，你的记忆里，模糊得只剩下他笑起来

的日光倾城，没有舞台也像天天都在聚光灯下。

当现实生活里的琐碎、矛盾被放大时，那些记忆总会跳出来，让你开始怀念，甚至后悔。但你有没有想过，是因为时光淘洗了所有的争吵、磨合、怨怼、自私，那个回忆里的世界才完美得不像话。

残忍一点说，《恋空》里，弘树在年轻的时候就不得不告别这个世界，那么他最后的爱人，也就是他这辈子最爱的爱人了。

剧中有句动人的台词："我虽然只能给你买便宜的戒指，但我却能给你全世界的星星。"

现实生活里没有那么多绝症，许多恋人走着走着就散了。在我们的花样年华里，每个女孩子都得到过这样的承诺，而当我们长大以后，都丢掉了那枚简洁廉价的戒指，换上了比星星光芒更耀眼的钻石，挽起西装革履的手。

有一个微电影，是北京科幻圈曾经的"京城四少"之一柳文扬的《闪光的生命》改编的，名字叫《用我仅有的37分钟生命来爱你》，说的是一个在咖啡馆兼职的女孩和一个会复制世界上各种有形之物的男孩的邂逅、相爱的故事。

他们的认识自然而简单，女孩不小心将一杯咖啡泼洒在他面前，眉眼交错，小鹿乱撞；女孩第一次送外卖给他时，他将复制出来的东西第一个拿给她看，让她猜哪一个是真的，从魔方，到苹果……

然而男孩复制出来的东西有个缺陷，就是存在于这个世界上的时间只有37分钟。有投资人建议他到美国去，因为那里有最好的设备和足够的资金，可以使他研究出突破37分钟时限的复制技术，圆他诺贝尔奖的梦。

他们的谈话刚好被送咖啡来的女孩听到了，女孩伤心地跑开了。男孩心神不宁，不小心把自己给复制出来了。那个复制的自己毫不犹豫去找女孩，他只有37分钟的时间活在世上，他要做的，是找到那个女孩，对她说，我爱你。

那个复制的男孩匆匆在路边摘了一朵玫瑰花，因为在他们曾经的谈话里，他说他的梦想是得诺贝尔奖，而女孩的梦想只是有人送她一朵玫瑰花。

复制的男孩跑到咖啡馆，老板说女孩刚走，他又跑到学校，他跑得气喘吁吁，他找到女孩，把玫瑰花送给她，把"我爱你"送给她。他说："给我的时间不多，而我想用我的全部时间来爱你。我从一出生就爱你了，你信吗？"

女孩害羞地闻闻玫瑰，说："我信。"他又说："知道小海龟吗，海龟一出壳就知道往外爬；我也是，从我有感觉的那一刻开始就往外跑，向你这跑。"

女孩笑了笑，把花还给他。他握住女孩拿着花的手，说："我应该给你更多一些，带你去海边看星星，修一座花园，种很多很多花，让你一生都过得很安宁，可是我不知道我还有多少时间……"

女孩不解地说："可是我们还有很多时间去做这些事啊。"男孩吻了女孩，说："该你了。"女孩也回吻了男孩，男孩说："真好，我这一生都很快乐，但这一秒钟最好。"

男孩说："我要走了。"然后退后几步，他就消失了。

后来那个真实的男孩找到女孩说，那个复制的男孩说的话也是他想说的，他就是他自己。女孩却摇摇头，说："不，那就是他自己。"男孩气愤地说："他是假的，我才是真的。"女孩说："可他是活生生的！虽然他只有37分钟，可他用整整一生的时间让我快乐。"

女孩走了，男孩若有所思地说："一百年，真的很长吗？"

在电影里，37分钟的一生太过短暂，短得只够说一句“我爱你”，和“这一秒最好”；37分钟的一生又足够长到，可以坚守一份感情，从睁眼到离别。而事实上谁都清楚，短暂的爱情比真正几十年携手白头的爱情要容易证明得多。

2012年12月21日那一天，是传说中的“世界末日”，虽然很多人心里清楚这没有什么科学根据，但仍津津乐道甚至声明“希望世界末日是真的”，“希望世界末日快点儿到来”。

这个年代速食感情太多，我们马不停蹄地爱过一个人，再爱上一个人，甚至很多人觉得感情的迅速流逝无可厚非，因为人生短暂，何不及时行乐。反正长久不衰的爱情人人想得之，总不会轮到自己头上，于是一边谈着随时都可能结束的恋爱，一边希望世界末日的传说能够成真，这样即使短暂的爱情也能得到永恒的名分，进入自己曾经的理想王国，见证自己曾经也那么坚贞不渝过，就像仅仅四天的泰坦尼克号爱情。

地球人是虚假可憎，但复制的爱情也不会有看上去那么不真挚动人，如果我只有37分钟，我也会这么做的。

“而一百年，我却不知道我是否能做到。”

永不出错的伴侣

在赴那一场相亲局的时候，京明已经单身了三年。

生活简单，不忙也不太空闲。七点起床，洗漱完毕，妈妈做的早饭已经端了上来，吃完步行五分钟就到地铁站。

八点半上班，十一点半下班，中午等微波炉热饭的过程，顺便背背单词，吃饭的时候就浏览搜狐新闻或者看会儿美剧。

五点半下班，回到家六点左右，吃过饭洗完碗，心血来潮拖个地，八点基本能斜躺在床上看看小说，打打游戏了。十点半就可以准时睡觉，被哥们儿嘲笑是“老人作息”。

当然，他也谈过恋爱。四年前毕业回到N城，和大学女友勉强维持了一年异地恋，最后以女方父母下通牒要么到C城结婚，要么分手。京明不愿意离开N城，也顺势放了手，倒也没太多的难过。

后来整整三年，也没见京明和哪个女性走得近些。用京明的话来说就是，不想搞办公室恋情，昔日的同学都已经结婚，工作后的圈子也小，加上独来独往惯了，也无所谓身边是否多一个人。

爸妈却不依。老人抱孩心切，刚开始也不好意思催，后来实在看他没这个心思，就坐不住了，总撺掇亲戚老友给儿子介绍对象，隔三岔五组织相亲局。余彤就是那个星期里的第三场。

在出发之前，老妈反复跟他强调：是个特别乖的女孩儿，家庭背景也好，父亲是医生，母亲是教师，知书达理，特别懂礼貌。京明一听这话，心里多少有点底儿了：一般这么描述的，长得都不怎么好看，也不会有特别出格的思想和气质，最大的优点可能就是听话了。

京明提前了五分钟到餐厅，因为约的时间早，大堂里只有两桌人，一桌是情侣，另一桌是个中等身材的女孩，从背后看不见脸，只看到她低着头仿佛是在看菜单，长发垂在手边。京明估摸着也许就是她了，快步走过去打招呼：“请问你是余彤吗？”

女孩抬起头，朝他嫣然一笑并微微点了点头。京明愣住了，第一反应是：这么美的女孩还用出来相亲？不会搞错了吧。但是余彤一句“是我”，又让他不得不相信这是真的。那种感觉怎么形容呢，大概就是“春风再美也比不过你的笑”，没见过的人不会明了吧。

余彤把菜单推到他面前：“这个餐厅我不熟，你来点吧，我没什么忌口，比较喜欢吃茄子和排骨。”

她的声音不大，但是却非常得体和到位，也省掉了京明再次询问的环节。

在吃饭过程中，余彤的话也不多，大部分时间都是安静地听京明说话，偶尔点头表示赞同或者补充一两句，总之整个会面让京明感觉非常舒服，几乎挑不出什么问题，不会太疏远又不会很亲密。

回家后，京明问妈妈余彤的情况，妈妈说，余彤是介绍人单位里最年轻的，爸爸是那单位的一把手，有权有势，按理说这样的人在单位里跟同事的关系都会比较微妙。但是据介绍人说，同事们都挺喜欢和余彤一起做事，倒也不是巴结，就是都真心喜欢她，人美却没有攻击性，很勤奋，也总是很照顾大家，开会也是她一个人默默给大家换茶。

“这么好的女孩，为什么会没有男朋友？”京明有点疑惑。

妈妈白了他一眼：“所以让你努把力啊！我打听过了，她父母都蛮好说话的，而且一听你的专业、单位，就很喜欢，你可得给我好好表现！”

其实不用谁叮嘱，京明自己就已经很喜欢余彤了。他主动约她喝下午茶，吃饭，看电影。她也每次都按时赴约，看得出来每次都有好好打扮过，化了淡妆，衣着也很得体，说话不紧不慢，当然也不是不食人间烟火的仙女范儿，偶尔被逗笑也会娇嗔两句或粉拳轻捶几下。

最令京明感到愉悦的是，余彤虽然跟他兴趣爱好相差很大，但是他们的聊天却都进行得非常顺畅，他喜欢的，她懂一点，但又浅

尝辄止，留给京明展示口才的空间；说到她擅长的话题，她也多是笑着附和他，从来不抢着发表观点。

刚开始，京明以为她是矜持，后来在一起了大半年，余彤始终是这样，你明明知道她多好，她却从来不主动提及，也不炫耀自己的资源和背景。

有时候朋友聚会，京明带上余彤一块前往，在场别的哥们带的女朋友都没余彤好看，京明也会在心里有点小得意。漂亮女生之间的“较劲”京明不懂，不过，只要带着余彤，饭桌上总会有个把女孩说话和笑声特别大，撒娇和发嗲也特别卖力。

有一次，京明问余彤：“你怎么不和她们一样，多发表点看法？”余彤不在意地笑笑：“你跟你朋友聚会，我说那么多干吗，你开心就好。”

不止如此，在大家聊到兴奋的时候，她总记得及时给人杯里添茶，轻声提醒服务员换餐碟，或者默默叫来一杯糖水，悄悄递给酒喝得脸通红的人。京明不喝酒，这些都暗自看在眼里。

因为第一次见面去的是高档餐厅，看余彤穿着也比较上档次，京明曾一度担心余彤会比较物质，特意约了一次路边摊，余彤也自自然然地坐下，他喝扎啤，她也会拿灌装可乐陪着，丝毫没有露出嫌弃的表情。

她也从来没有跟京明主动要过礼物，情人节、生日、圣诞节的时候，京明问她想要什么，她会先想想，说出一样自己目前需要又不贵的生活用品，想不出来就笑着说随便，你送什么我都喜欢。

正如女生会留意男朋友对服务员的态度，男生会留意女朋友对乞丐的态度。京明发现，无论是地下通道的卖唱者，还是在地铁里穿得破破烂烂向她伸手的小孩，抑或是那些“缺胳膊断腿”跪在天桥上的残疾人，只要余彤路过注意到了，都会投点钱，要是身上实在没零钱，五十块也会投下去。

京明有一次调侃道："你倒挺大方，别人都恨不得让这些假乞丐饿死。"余彤却认真地说："向陌生人伸手，需要多么不顾颜面的勇气，指不定真的有人是走投无路，我们也没精力去分辨，几块钱的事，何必问道德。"

京明承认，那一刻他被余彤打动了，回想起她对自己体贴的各种瞬间，万分感慨，搂她入怀："有你真好。"余彤依旧平静地回抱住京明，"嗯"了一声。京明觉得有点奇怪："你怎么不像别的女孩儿那样说'我也是'？"余彤笑着拍拍他的肩："你知道就好。"

就这么过了一年，双方父母都已经见过，下一步就准备商量婚事了。京明也觉得对余彤了解得够多了，他发现，自从有了余彤，他不再享受以前那种近乎独居的生活。

那次与大学女友异地恋分手后，他曾一度发觉去恋爱很难，一想到可能要喜欢上一个完全陌生的姑娘，她过去的二十几年是你从来没有涉及而只是听说的经历，就有点退缩，更可怕的是，要和这样一个人建立起大半辈子的羁绊，也不是没有过害怕的。

但是，如果那个人是余彤，京明觉得还是可以期待的，甚至，他早早就开始幻想，余彤看见他单膝跪下求婚，会不会喜极而泣。

他没见过她哭，她的情绪总是很稳定，这让京明觉得很踏实。他觉得和这样成熟懂事的姑娘在一起，真是人生最大的幸事。是余彤让他感觉到，这个世界也可以这么平和、安全。

如果不是某天撞见了余彤的失态。

那是一个周五的下午，京明下了班，准备去接余彤到一家新开的西餐厅吃饭，他们中午就通过电话商量好了的。

京明远远看见余彤站在办公楼下，和一名穿着藏蓝衬衫的男子

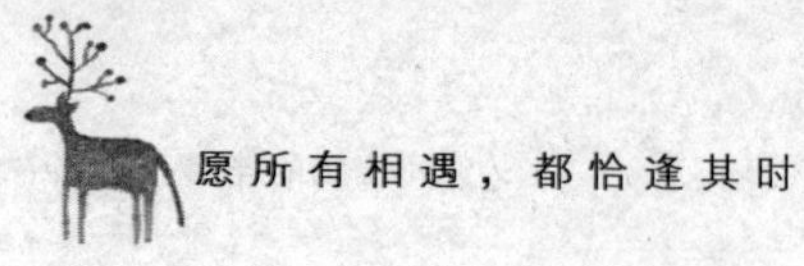

面对面站着，似乎在争吵着什么。他走近一点，看见余彤用力甩开男子的手，怒斥了几句。

京明走上前，余彤也看见他了，匆匆走过来，再没理那个男子。京明揽过余彤的肩时，看见她低垂的眼帘有点晶莹剔透，似乎刚刚掉过泪。

京明留意了她的脸颊，上过粉底的脸也有点擦拭的痕迹。京明回头看了一眼，只见那名男子愤怒地冲他竖了竖中指。

男子中指上的戒指，京明感觉有点熟悉，像是在哪见过。直到在餐厅坐下，京明才想起来，余彤的首饰盒里，也有一枚类似花纹的戒指，内圈还有两个字母“yu”。京明曾经不经意地问过余彤怎么没戴过，余彤也毫不在意地调侃过：“戴尾指吗？那是单身的标志哦，你希望我戴吗？”

京明现在才明白那只戒指并不是尾戒，而是曾经戴在他心爱的余彤中指上的情侣对戒，或许还是，订婚对戒。看着对面坐着已经恢复平静的余彤，京明却什么都问不出口。

沉默了许久，京明扬手叫来了服务员，点了一圈全是余彤爱吃的菜后，服务员转身而去，京明用手指轻敲桌面，还是忍不住问：“你爱他吗？”

余彤别过脸，“你别问我这个。”

“那你爱我吗？”

京明想起有一次无意中看到余彤钱包里放着一张卡片，是花束里的署名卡，落款是：宇。他似乎有点明白那枚戒指的指向。

余彤笑了笑，没有回答，顺手举起茶壶要给京明续茶。

在京明看来，那个笑彻底失去了任何甜美，苦得像中药一样，十分难看。

正如刮刮卡时露出一个“谢”字，人们就已经知道这张彩票不

会中奖，却仍然会把四个字都刮开。后来京明问余彤：“那你为什么和我在一起？”余彤说：“因为我爸妈喜欢你，你爸妈也挺喜欢我吧。”

京明不傻，坦白成如此，他们的关系已经清清楚楚毫无悬念了，甚至将他曾经的一往情深化作了可笑的自作多情。

她从不发火，从不吃醋，从不管他。他以为这是得体，是大度，是成熟，但其实仅仅只是因为，她不在乎。

据京明转述，后来他们是和平分手，没有埋怨也没有争吵，正如他们之前相处的样子。

我却看得到京明的痛心。这段感情里有欺骗吗？有，也没有。没有第三者，余彤也没有跟对方纠缠不清，但是那些情绪的波动，让京明看到自己的力量是如何微弱，他竟从来没有撼动过她的心。

到了这个年龄，要谈恋爱的对象，基本都有一个以上的前任。也存在许多人，无法忘记那个他（她）。怎么办呢？因为这一根刺从此不再吃鱼，还是视而不见等待终有过去的那一天？

这个世界上，哪有永不出错的人呢。连百分百要履行的约定都不会有，只有你确定是否要包容她的错漏，等待你可能永远都抵达不了的彼岸。

总有那么两三个人始终都在

我有个初中同学，名叫周友松，但我们从来不叫他的名字，只管他叫“大疤”。大疤脸上确实有块大疤，但绝不是因为跟混混打架光荣负伤留下的，而是青春痘为了证明自己来过留下的痕迹。

大疤就是这样早熟，在我们还没来得及长青春痘的时候，他的青春痘已经挥一挥手作别西天的云彩了。

他样样都显得比我们成熟，他是镇上第一个穿上海流行服装风格的男生，他是第一个剪明星头的男生，他是第一个跟女朋友接吻被年级主任抓现形的男生……

但，这些都不是最令人印象深刻的。他最使我们感到吃惊的是，他以貌不惊人的身份追到了校花田甜。那时候，田甜是诸多小男生心目中的梦中情人。校花田甜具备一切校花所拥有的条件——家庭条件优良——一个小镇上殷实人家的女儿，样子甜美，一双扑闪扑闪的大眼睛不知闪瞎多少少年的多情眼眸。

但田甜也跟绝大多数的校花一样，除了拥有美丽的容颜，别无其他美丽之处。她经年累月地高傲，被一群嫉妒的女生包围，所以她的人缘极差。

此外，她的智慧并不如她的外貌般卓越，她长期在学渣的边缘徘徊。但“美女是不需要知识的”，这是张爱玲振聋发聩的声音。事实上，田大美女确实未曾在学习上动过半点心思，她所能转动的脑筋全跟男人有关——如何吸引更多的男生却又不被讨厌的男生所纠缠。

在这一点上，她跟大疤可谓绝配。他们惊人的早熟，将我们一众小屁孩甩在了后头。

据我观察，大疤之所以能追到田甜，除了他有张能说破天的嘴，恐怕跟他当时学霸的身份分不开。

校花对自己的学业不关注，不代表她不关注男生的学业。在这一点上，我又不得不惊异于校花的聪慧。

她是认真践行“男人靠征服世界来征服女人，女人靠征服男人来征服世界”这条真理的女生。

对当时那个小镇中学来讲，大疤无疑是征服了世界的男人——至少在考试这方面，他鲜少遇到敌手。我每次只能望着他的虎背熊腰以及长着几颗粉刺的后脖颈子黯然流泪。

我是大疤与校花爱情的见证人，当时我的主要工作是替他们传递情书以及各类小纸条。

那时，大疤坐在后排，我坐在第三排，与我隔一桌的便是田甜。我跟校花之间隔着的那个同学姓刘，颇有些痞子风范，时刻想与大疤叫板。叫板的方式包括翻墙头出去打架打游戏，以及在校花上下学路上围追堵截等。

自然刘痞子也想与大疤在学业上一较高下，奈何每每都被大疤压得半死。他心里攒着一口气，对大疤上课时候与校花鸿雁传书感到十分恼火。为此，他与我换了个位置，就这样，我跟田大美女成为同桌。

在我的前排还有个女生喜欢要我传字条，字条的接收人也是大疤。我第一次感受到来自别的男生对大疤浓浓的恶意，我知道他们的心里一定在想，这人有什么能耐，让班里两个女生为他争风吃醋？

那女生样貌普通，学习中等，长着细细长长的眼睛，与她小巧的身材倒是十分相配。我们叫她“招娣”，她在家里是老大，下面有一串妹妹，还有一个弟弟。

招娣对大疤的追求有没有让他感到烦恼我不得而知，但大疤肯定是此次被追事件的受益者，因为田大美女原本对他没有太多好感，可眼见着竟然有另一个女生喜欢他，这就证明他值得争取一下。田大美女身上具有一切人类的优缺点，譬如觉得有人抢的东西才香，这个概念深深地植根在她的脑海里。

事实是好东西固然会有人争抢，而无人问津的未必就一文不值。

大疤起先对田大美女的攻势，除了每天课堂上的小纸条，还包括往校花课桌里放糖果之类的寻常招数。

他最厉害的一招是发动舆论攻势，他找了几个攻守同盟的兄弟，约定万一追到校花，他将请大家吃顿饭，顺便送个礼物什么的。

这个攻守同盟的作用十分显著，但凡有校花出现的场所，他们总是起哄地喊一句“大疤在找你呢”或者“大疤来了”，要么就是“嫂子，嫂子”。

这样赤裸裸的话甩给田大美女，她开始很反感，因为时刻觉得有人将她与大疤联系起来，后来时间久了，她竟然觉得这等威风十分受用。

许多人对大疤的追求抱着看笑话的心态，几乎人人都等着他被拒出丑，除了那几个指望吃饭的兄弟。

大疤的舆论造势过了一段时间，大伙见校花不为所动，不免心灰意冷，渐渐地也不再像从前那样热烈了。

但大疤自始至终都出现在每一个可能出现校花的地方。

事情的转折点是有一次大疤跟刘痞子两个人一起骑车守在校花必经的路旁。校花原本是谁的车都不坐，但那天鬼使神差地上了大疤的车。

那一天，大疤骑车的样子帅呆了，可惜他自己看不到。

他骑着车子一路呼啸而过，初秋的风吹在校花长长的头发上，几根发丝飘到了大疤的脸上，他顿时觉得像是有双温柔的手在抚摸他。

他感到那条路实在太近了，他的车子又有些太快了，第一次，他有些盼望自己骑的是一辆跑不起来的老爷车。

那条铺满杨树叶子的乡间小路，每一片飘散摇曳的叶子都像快

乐的舞者。那一刻，他的心中充满豪情和诗情，他一瞬间明白了所有的唐诗宋词。他甚至觉得诗人之所以会写诗，全是因为他们心中有爱情。

那时，他还不懂爱情的寂寞与无奈，他初尝到爱情的甜蜜，以为那就是全部。

在大疤与校花的爱情进行得轰轰烈烈如火如荼时，招娣的纸条变得越来越少。她开始闷不吭声，我旁边的刘痞子跟她同病相怜，他们俩的字条变得多了起来。

两个月后，在中考之前，刘痞子跟招娣好上了。这简直让人无法相信，当时嚷嚷着非校花不娶的刘痞子怎能转眼就改弦更张了呢？

但大疤跟校花似乎对他们的变化并不在意。

他们最担心的事情是如何继续这场没人看好的爱情。以大疤学霸的身份考取省重点完全如探囊取物；可是，作为学渣的校花只能去一所普通高中。

大疤在与校花恋爱之后，学霸的地位日益受到威胁。他从长期雄霸年级第一的位置上退了下来。

此后，大疤的成绩一落千丈。没人明白他大脑哪里短路了。

为此，大疤的父母找到了班主任，班主任杨老师只能摇头叹息。不过杨老师将年级主任逮到大疤与校花亲吻的事情告诉了大疤的父亲，大疤因为这个挨了他父亲好一顿棍子。

大疤中考失利了，上了县里的二中。他去那边读书完全免费，招生老师说我们看上的正是这个孩子的潜力。他的分数来上我们学校，我保证他能进重点班！

校花家里花了五千元赞助费让校花也进了二中。

校花的美丽在她刚入高一的时候就显现出来了。她跟大疤不在

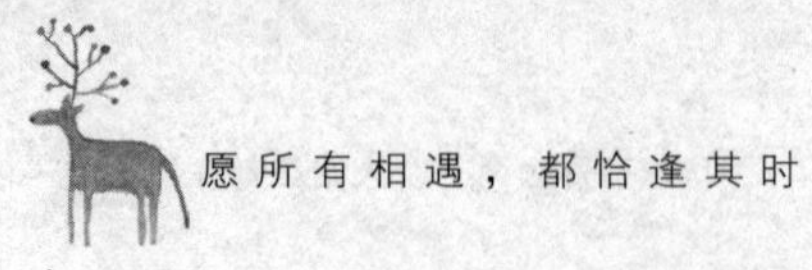

一个班，她收到的情书多到数不清。

起先，她会当作炫耀的资本拿给大疤看。大疤一边看一边笑，然后怒骂一句那些癞蛤蟆想吃天鹅肉。校花就说：“你不就是一只癞蛤蟆？”大疤听了嘿嘿一笑。

我因为与大疤和校花不在一所学校，所以我们之间的联系也越来越少。高二刚开学的某一天晚上，新同桌告诉我说外面有人找我。

我好奇是谁这么晚来找我，当时已经晚上十点钟，刚下晚自习。我走出教室一抬眼看见了神情憔悴的校花。

我把她带到我租住的小房子里，她一把抱住我凄惶地哭了起来。

她怀孕了！她要堕胎，但是没有钱，需要人照顾。

我一瞬间头皮发麻，我料不到这样的事情会发生。因为，当时的我清纯得还不知道初吻是什么滋味，而大疤竟然把校花给弄怀孕了！我再一次感慨自己被远远地甩在了后头。

我当下做出承诺：“放心吧，住在我这里，我每天照顾你。”

校花跟大疤对我感恩戴德，恨不得把我当作祖宗一样供起来。

我挥挥手说：“这都不算什么，你们以后要注意。”他们听了直点头，好像我是个多么有生活经验的老人家。

校花在我那里住了一个月，大疤几乎每晚都来看她，然后再回二中。

一个月后，校花留给我一张字条，上面写着这样的字眼：谢谢你对我的照顾和帮助，我永生难忘。我走了，打算出去打工，不读书了。我反正也不是读书的料。大疤要是来了的话，你把这张纸条给他看，让他好好读书，别再找我了。田甜。

当天晚上我把字条交给大疤的时候，大疤的身体一直在颤抖，

他哭着说：“都怪我，是我对不起她！”

让大疤不找田甜那是不可能的。第二天他去她家里找田甜，田甜的妈妈摆着一张臭脸，她以为大疤不过是个普通追求者。她还不知道田甜身上发生的一切，自然也不知道她去哪儿了。

两天后，田甜的爸妈在焦急中接到她的电话。她说自己已经安全到了上海，让他们放心，并且要他们千万不要把她的联系方式告诉任何人。

一年后，大疤考上了上海一所二流院校。他用漫长的四年寻找校花，一直无果。

又过了几年，大疤给我打电话说他要结婚了，请我喝喜酒。我十分高兴，当即表示请假也要回老家祝贺他。

电话里我说代我向校花问好呀，你别忘了，我可是你们的红娘呢。

大疤说新娘子是招娣。

去年春节我回老家，见到了好几年没见面的大疤。大疤脸上的大疤还是老样子，他胖了很多，已经是三个孩子的爹了。

招娣也胖了不少，模样还是从前秀秀气气的样子。

我在他们家吃了一顿午饭。下午回家的时候，大疤坚持要骑摩托送我。

路上他说：“你有田甜的消息吗？”

“她嫁了个上海人，你知道吧？”

大疤点点头。

大疤又说：“我对不起她。我本来打算一直找她的，我知道她有意躲着我。可是，后来招娣怀了我们家老大。”

“你不愿再让一个爱你的女人去受那个罪？”

他说：“对——可是我却让我最爱的女人去受那个罪。”

他有十几年没见过田甜了，可是，他说这辈子他还想再见她一面。哪怕，只有一次。

说完这些，大疤一路上沉默不语，到了我家附近一处小桥上他停了下来。

我说，你眼睛跟鼻子怎么回事，那么红！

他笑笑说，天太冷了，风刺的。

后来，常年潜水的大疤在微信里写下了这样一段话：单曲循环张国荣的《当爱已成往事》——往事就像鬼魅，总喜欢在你孤身一人的时候神出鬼没地现身，然后将你没头没脑地灌醉，使你满嘴胡话。如果，有一天，我开始胡说八道，你们要善意地提醒我，见鬼了。

那个人，成了最熟悉的陌生人

“钻石恒久远，一颗永流传”，电视里传来导购夸张而充满激情的声音。

林嘉皱着眉头一脸厌烦，她掉转脸对着她的妈妈说：“哎呀，你天天看的都是些什么乱七八糟的节目呀？像什么八心八箭的钻戒，一克拉便宜你一万块，你以为是什么能这样便宜？！”

林嘉一边说一边从沙发上拿起遥控器“啪”的一声关了电视，嘴里咕哝一句：“烦死了。”

林嘉的母亲被她一顿抢白，脸红气躁地说：“哎呀，我不过是看个电视，你不喜欢看拉倒呗，非要关了电视干啥呀？我天天在你家给你做牛做马似的，伺候你跟高通两人，完了还要伺候小的。这

会儿孩子睡了，我看会儿电视还要管！怪不得高通说你烦人——你是我亲生闺女，我现在看你也烦！”

林嘉气得说不出话来，她知道如果自己再多说一句，母女俩势必要大吵一架，而吵架之后她母亲又要嚷嚷着不给她带孩子。一想到这些问题，她就头痛万分。

孩子，孩子！要不是为了一岁多的儿子，林嘉早不忍耐了！说不定，她跟高通已经离婚了！

对这个世界，她失望透顶。跟自己的母亲合不来，丈夫又常常借口请客户不回家。从前，完全不是这样的。那时，高通对自己甜言蜜语，软磨硬泡将自己从陈川平手里抢了过来，而那时的母亲也不是这样的。

她叹口气，这才几年呀？生活完全变了样，就连她自己也变得很陌生。

她走进卧室，将房门反锁。

她站在梳妆台前仔细地看了看自己：眼窝深陷，双眼无神，眼角的细纹和嘴角的法令纹此起彼伏地拉扯着这张还算美丽的脸。

锁骨突兀地耸立着，像过度饥饿的人，她虽然美，却是干涸的美，好似有人抽空了她身体里的水分。

她不再水灵了，她绝望地想着。曾经，她唇红齿白，脸颊像秋天挂在枝头的苹果，白皙红润诱人。她从来不用招徕过往的行人，自有人为其驻足，人们循着香味就一路寻了来。

那一年，她22岁。那一年，牵她手的人不是高通，是陈川平。

林嘉蹲在地上，从废弃不用的纸盒箱子里拖出一本又一本从前的书，本科的、硕士的，如今都成了死物，没有一点生气。她吹掉书本上的灰尘，打开一本《民法学》，一张红苹果时期的照片赫然出现在眼前。

照片中的她穿着格子衬衣，蓝色牛仔裤，留着一头短发，神采飞扬地依偎在陈川平的怀里。陈川平戴着又土又蠢的眼镜，对着八年后的她龇牙咧嘴地笑。

没心没肺。

林嘉拿着照片看了很久很久，然后又放回原处。

她继续收拾自己的这堆废物。

丁零一声，一枚银戒指脆生生地落在地板上。

她捡起来，撩起裙子的一角擦了擦。这是一枚再简单不过的环形戒指，外表没有任何花样。她眯着眼，瞧见了戒指内圈里面刻着的小小的字母：CL，陈与林的拼音。

她摸了摸右手无名指上的钻戒，然后将银戒指套在了左手无名指上。她伸直一双手，在明晃晃的灯光下看来看去。

然后她脱下右手上的钻戒，拉开抽屉，“啪”的一声扔了进去。

林嘉22岁那一年，我也22岁，那时我在北京做编辑，她是我的大学好友。父母要她回东北老家考公务员，她没答应，一个人留在北京继续考研。

大四那一年，她也参加过考研，但是没考上。

她在海淀与人合租了一个两居室，她一个人住主卧，另外两个考研的女孩住次卧。她家境不错，父亲是个局长，母亲是一名小学数学老师。

她认识陈川平正是准备“二战”的时候。陈川平是四川人，认识林嘉的时候，他正在师大读古典文学，研一。

林嘉想考人大民商法，她知道竞争激烈，想找个正在读民商法的师兄师姐帮忙。陈川平说：“我高中同班同学张敏正好在人大读民商法，我请她帮你找点笔记资料之类的。”

林嘉感激得恨不得抱着陈川平猛亲一口。

林嘉败北了，英语没过人大的线。她哭着对陈川平说：“我真不甘心，可是我要是不回去的话，我爸妈就断了我的钱！”

陈川平说：“我养你！”林嘉抬起头，用哭肿的眼睛望着他，然后说了句：“你怎么养我啊？你自己还在读书！”

她这样哭着的时候，已经跟陈川平住在一起半年。

林嘉的爸妈来过一趟北京，见过陈川平。她爸爸很不满意，“没有背景，将来能有什么出息？还有，读什么古典文学？文学能干什么？能当饭吃吗？”

“穷鬼，穷鬼！”

他大手一挥，几乎像发表演说般。“我就这一个宝贝女儿，我不能让她嫁给一个农村的！”林嘉嗫嚅着说：“川平是成都郊区的……”

“郊区！郊区！还不是农村！”

林嘉的母亲说：“嘉嘉你怎么那么死心眼呢？他是南方人，跟咱们生活习惯啥都不一样，将来处不到一块儿去！再说了，我看那孩子的长相也不是啥富贵相，太单薄了，风一吹能倒了似的。一个男人长成那样，不好……”

林嘉听够了这些。

她一个人跟父母对抗了半年多，她将所有希望都压在考研顺利上——至少她有继续赖在北京的理由，这样，她跟陈川平也许还有未来。

可是，她失败了。她父母下了最后通牒，赶紧回家，正正经经考个公务员。

这一回，她母亲甚至煞有介事地说陈川平跟林嘉的八字不合，他克她。她提到市里领导家的一个孩子，高通。她跟林嘉说，小伙

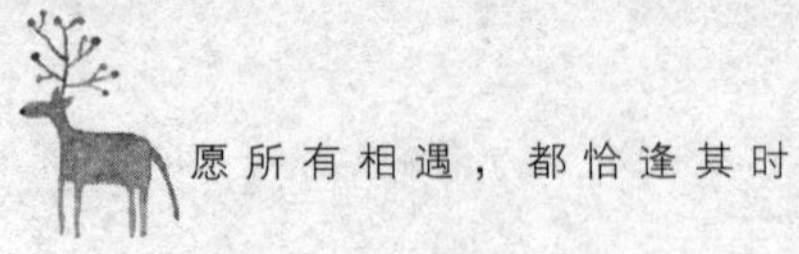

模样好人品好。

林嘉鼻子一哼说，要不是他爸爸职位高，我估计他没有那么多优点。高通从小跟林嘉一起长大，后来他爸爸升了市里领导后，他们搬家了。

高通不知哪根筋搭错了，有一阵对林嘉十分热乎，常常从哈尔滨过来看她，有一次特地开上了他的奥迪A6，跟骑自行车的陈川平打了个照面！

林嘉跟家里断了联系，母亲为此气得住了一回院。

陈川平劝她搬家，她点头同意了，搬到北大附近一处平房里，没有卫生间没有厨房，上一趟厕所需要走五分钟的路程。

陈川平搂着她说："嘉嘉，你跟着我受苦了！我发誓我要出人头地，将来一定让你父母对我刮目相看，让你过上好日子！"

林嘉说："傻瓜，有情饮水饱不知道吗？我只要能跟你在一起，哪管一路上的兵荒马乱？"

第二天陈川平带着她去王府井的工美大厦，在一楼一个卖首饰的柜台买了一对银戒指，一共花了六百块钱。他求着人家将他们两人的姓氏刻在戒指上。人家起先不乐意，哪有做个六百块生意这样麻烦的。

后来他好说歹说，终于求到了那一对字母：CL。

林嘉欢天喜地地戴在手上，陈川平说："总有一天我要给你买一克拉的大钻戒！"

陈川平越来越忙，林嘉见到他的次数越来越少。林嘉压力很大，她几乎是背水一战。

每次背单词背得头疼的时候，她真想给陈川平打个电话，想听听他温声细语哄哄自己。她已经记不得他上一次好好哄她是什么时候了。

他太忙了，忙着兼职赚钱，忙着写毕业论文。有时，他竟然半个月才到林嘉住的地方看一看，为了节约时间，他常常住在宿舍楼。

林嘉“三战”的时候，我跟她见过一次面，她样子十分憔悴。我见她的时候，她的旁边还有高通，正是高通开着奥迪来的那一次。

我说：“川平呢？怎么没把他带来？”

林嘉冷哼一声，“他呀，我也不知道死哪儿去了……”

高通尴尬笑笑。饭桌上气氛很奇怪，林嘉不怎么说话，对高通爱理不理。

他点了一桌子的菜，我说自己是第一次吃鲍鱼、海参。高通说：“这算什么，你是嘉嘉的朋友就是我高通的朋友，啥时候来哈尔滨，我请你吃更好吃的！”

我说自己是第一次喝红酒。他哈哈大笑，伸手打了个漂亮的响指，叫来服务员埋单！

三千块！2005年的时候，我被这个数字吓了一跳。

陈川平特意找了半天时间过来看林嘉，结果在小巷子门口看见站在奥迪车旁挥手的高通。

高通朝他点了点头，然后发动车子，绝尘而去。

陈川平火冒三丈，对着林嘉大吼，“怎么回事？怎么回事？你不是不愿意见他的吗？怎么现在人都从东北开车过来了？”

林嘉不甘示弱：“我爱见谁见谁，你管不着！我倒是想见你呢，我见得到吗？”

陈川平摘下了眼镜，眯着眼睛说：“林嘉，你是不是嫌弃我家里没钱？”

林嘉说：“陈川平，你说出这样的话，你还是人吗？！因为你，我跟家里人闹翻了，我妈都气得住院了！”

陈川平气得脖子上青筋暴起，他吼了起来：“你别跟我提你妈，提到她我就烦！”

两个人吵了一个多小时，后来累了，陈川平骑着他的自行车走了。

他走后林嘉第一次主动给她妈妈拨了电话，她哭着向她妈妈认错。

林嘉给陈川平发了条信息，信息内容只有三个字：“分手吧……”

陈川平如五雷轰顶，他接到信息的时候正吃着食堂的汤泡饭。

“你爱怎样怎样！”

林嘉盯着手机屏幕发了半天的呆，哭了一晚上，第二天照常去北大的教室里上自习。

她有一个来月跟他没有任何联络，心里十分恨他，有时她会说：“我只当他死了。”

半年后，她打电话告诉我说：“亲爱的，我考上了！”

她语气平静，没有悲喜。

我说：“真为你高兴。”

她淡然一笑，“有什么可高兴的？陪你一起旅行的人中途退出了，一个人到了目的地有什么意思？”

我无言以对。

世间事常常如此，教会我们怎样爱的那个人，最后往往成了那个最熟悉的陌生人。

世事波上舟，他只是你的摆渡人。

林嘉跟高通结婚的时候，我作为班里唯一的同学去了。

郎才女貌，一群人交口称赞。

现在林嘉坐在我面前，突然跟我说她想离婚，我一时没反应过来。

我说："你脑子没发热吧？"

她心平气和地说："没有。我跟高通不合适。"

"婚姻不是儿戏，你现在说不合适，早干吗去了？"

她苦笑说："我也不知道早干吗去了。眼瞎了呗。"

她喝了口杯里的咖啡，一只手不停搅动着，眼泪就顺着她的脸庞往下流。

我递给她一张面纸，她接过去擦了擦，凄然一笑。

她说："我这都是自找的吧？我一点也不爱高通，从始至终，没有爱过他一天！"

我叹口气，"可是，相爱又能怎样呢？"

她说："不一样的，如果两个人有爱情，哪怕火灭了，那点死灰的温度也足够你们共度一生！"

沉默了好一阵，她突然开口说："你知道吗，陈川平结婚了。对象是他那个高中同学，张敏。"

这世界真小，小到我们还是失散了。

余下时光，就用来与你相爱

他们第一次相见，是在市医院里。

那时，他坐在病房外的椅子上，头深深地低下去，埋在两腿之间。走过他身旁的人，都听得见他小声的啜泣声。听来往的护士说，他的女友已经去世一段时间了，每天他都要来这里坐上一会儿。

我和几个要好的朋友坐在离他稍远的椅子上，等着闺密笙从手术间出来。笙的父母像那个人一样，将头埋在两腿间，不发一言。

午后三点四十，手术室的大门打开，笙被护士推了出来。我们扶着她的父母一起围上去，看到笙的脸色苍白，眼里的光有些涣散。尽管如此，我们都松了一口气，至少这项心脏移植手术成功了。

那个低声啜泣的男子还在，我们经过他身旁时，他忽然站起来，有些神经质地挤开我，去看病床上的人。那一刻，笙闭着的双眼也猛然睁开，涣散的光渐渐聚拢起来，脸上也有了神采，呼吸急促地看着对方。

我们定在原地许久，直到护士催促才推着笙回到病房。

笙在医院恢复期间，我时常来医院看她。每次都会碰上她的男友，我们天南海北地聊天，他就在一旁削水果，给桌上的花换水，有时也趁她有人陪，回家做几样她爱吃的小菜。

有时候，爱情并非浪漫，而是求得一种安稳与踏实。

经过这次住院，笙愿意守着一个平凡的男人，安安稳稳过一辈子。出院后，就打算筹备婚礼。

生命都是从鬼门关里捡回来的，她懂得珍惜与回报。至于那次从手术室里出来后的心脏狂跳，以及那个陌生男人熟悉的脸，她都打算弃之不理。

大概半年之后，我陪着笙去挑选婚纱样式。路过一家银行时，有人碰巧从里面走出。

笙忽然站住，右手放在心脏上。我极为惊慌，以为她的心脏又出了问题，拿出手机要打给她的未婚夫。而在那时，那个从银行走出的男子走到笙的面前，问她恢复得是否还好。

我恍然明白，他就是那个在医院中推开我，凑到笙眼前的男子。

后来，我们并没有去试婚纱，而是在他的邀请下，来到大厦对面的咖啡厅里。

我略有不安，却难得见笙时常红着脸笑出声来，眼神小心翼翼地黏在他身上。他亦是如此。我坐在旁侧，显得有些滑稽和多余，几次想要出来，都被笙紧紧拽住。

在回去的路上，笙告诉我说，她不想急着结婚。

在喝咖啡时，虽已料到会如此，但真切听到时，我还是被深深震撼了。尽管我极力劝说，这不过是虚无缥缈的感觉，待你如公主的未婚夫才是最合适的。她仍指着自己的心脏说道："可是我知道心跳不会骗人。"

并不是所有的人都有第二次生命，所以更不能浪费。

她对未婚夫与父母摊牌，告诉他们自己任性的选择。笙的心底有一个缺口，凛冽的寒风正肆虐地灌进来。即便未婚夫甘愿做她身边的太阳，照亮她的世界，仍无法填满她心里那个锯齿形的洞。

她的未婚夫见到那个令她心跳加速的男子后，只是简单地说，如若他对笙不好，自己仍会将她抢回来。算不上示威，更像是一种决绝的表白。

笙看着他转身离开，眼泪流出来。她明白，她只是感动，不是心动。

爱情总是在破坏中，得到成全。

笙在解除婚约之后，如愿以偿地投入了心爱之人的怀抱。怦怦怦，这该是爱情最美妙的旋律。

世间的快乐总是相类似。穿着高跟鞋走得累了，有人将自己背起；肚子饿了，有人端出香喷喷的饭菜；蛮不讲理时，有人先低下头来，铺好台阶；深夜被噩梦惊醒时，发觉身边的人睡得正熟。

与他在一起时，笙也是这样快乐。

不知不觉，一年将要过去。他们也在双方父母的安排下，开始筹办婚礼。

王小波说："一个人只拥有此生此世是不够的，他还应该拥有诗意的世界。"对笙而言，让她心跳加速的爱情，就是另一个诗意的世界。

我置身事外，看得到她是由衷地爱着他。

婚期将近时，他只说自己要出去一天，并没有说去哪里。

笙也没问。爱他，就得尊重他的隐私。况且笙也清楚，他是去告别一些人，一些事。

没有他的陪伴，笙便记起了我。一个电话将我召到身边，不容拒绝地要我跟着她去捐赠心脏的人家。

驱车驶出市区，大致三个多小时后，我们下高速，行进比较偏僻的村庄。道路两侧开满油菜花，散着淡淡的清香。

她在一户人家门前将车停下，叩了几下门之后，我们听到有人前来开门的脚步声。

门开的那一瞬间，我们三人都怔住。

开门的人，正是笙现在的未婚夫。

她终于明白，为何他们第一次相见，自己的心脏会跳得那样猛烈。

他爱的不是她这个人，而是她换来的那颗心。

爱情美好至极，却也脆弱得不堪一击。

于是，婚礼再一次取消，他们重新变为彼此的路人甲。彼此之间，没有联系。

几年之后，笙在上班时忽然晕厥。经过检查，原来是心脏机能退化，需要重新动手术。

父母将老家的房子抵押，搁下老脸转遍所有的亲戚家，凑来几

十万手术费。

笙胸腔左侧又换了一颗心脏，拥有了新的生命。住院及出院之后的那段时间，那个说要将她夺回来的男子像从前那样照顾着她，但是绝口不提爱情。

他是聪明的，知道有些事勉强不来。他只是按照自己的心意，做自己喜欢做的事情。

“到处都有痛苦，而比痛苦更为持久且尖利伤人的是，到处都有抱有期待的等待。”约翰·伯格的言语，说到了笙的心里。

她的确在等待着什么，她的心再也没有为任何人而加速跳动过。

那是一个下雨天，笙撑着伞上台阶。忽然间，她的手不由自主地放在心房上。

怦怦怦，是爱情的声音，与几年前一样。

抬起头，笙看到他正迎面走来，黑色的伞并没有遮住他的脸。

感谢命运，让他们有机会证明彼此之间存在的爱情。

他们结婚那天，我在场。

笙自知她比任何人都幸运。上天许她三次生命，而她决定将余生献给爱情。

所有的遇见，都是久别重逢

宋之意在上海一家4A广告公司做文案策划，她经手的大小案子无数，别人搞不定的她手到擒来。她是公司里的金牌文案，她最擅长的是推销文案，在公司里她不说是呼风唤雨，也差不了多少。

不少同事私底下叫她工作狂或者母老虎，但因为公司的名字带个“狮”字，所以，同事们更愿意叫她母狮子。

宋之意自己也知道，但她丝毫不以为意。她只有在我的面前才会苦笑两声说：“嗨，一个女人谁愿意变得这样惹人厌呀？我是没办法。我没有爱情，没有爱人，如果我连工作都不爱，那我不是和行尸走肉一样吗？”

她已经三十出头了。前两年她的父母还追着她相亲，逼着她赶紧结婚之类的。

如今他们自己说得烦了，懒得说了，这倒是让宋之意耳根清静了一段时间。

其实，她之前不是这样的。至少在几年前，她温柔适意，有人甚至觉得她是个善解人意的姑娘。这个“有人”的名字叫于小白。

于小白跟宋之意是高中同学，他是学校里出名的校草，遗憾的是宋之意不是闻名全校的校花。别说校花，她连班花都算不上。

在于小白面前，宋之意永远像个丑小鸭。她自卑得无地自容。看看人家于小白，那身段，那脸庞，那眼神，还有那樱木花道般的灌篮绝技，什么都别说了，迷死人不偿命。

于小白不仅人长得帅，球打得好，最要命的是他还是个学霸。

按理说，像于小白这种姿色的男生，就是如天上下雨点般向下砸也轮不到她宋之意。可人家宋之意绝不这样想，她常说自己跟于小白那是天作之合，完美搭档。那时候，只要回到宿舍，一群女生谈论的焦点永远是于小白。

宋之意对这种讨论从来都是一副热衷者的模样，她还经常是话题的挑起者。她说得多了，就有人把她的话传给了于小白。于小白对她客客气气，十分礼貌。他细心体贴，对每个人都友好，但他的友好到了宋之意那里就被曲解成他也欢喜她的意思。

比如，宋之意常觉得于小白看她的时候眼神不太对，跟看别的人不一样。她还觉得他跟她说话的时候腔调也不一样。在很多个“不一样”之后，她决心给他写一封大胆的情书，好好推销下自己，就像今天她向客户推销文案一样。

她想了一个星期，然后去校门外的书店里，租了一大摞书，以优秀作文为主。看了几本之后，她发现压根不管用，因为没有一篇是情书。后来，她在一个角落里发现一本名人情书大全之类的书，欣喜若狂，花了十八块钱买了下来。

她仔细研究了沈从文写给张兆和的情书，徐志摩写给陆小曼的情书，王小波写给李银河的情书，鲁迅写给许广平的情书……看了一大通之后，她发觉徐志摩的太肉麻，王小波的太学术，鲁迅的太枯燥，最终沈从文的情书从强手如林的竞争对手中脱颖而出。

于是，她仿照沈从文的情书，做了适当修改，加上自己的一点感受，写了篇长达三页纸的告白书。她得意极了，觉得自己写得情真意切，于小白这个校草还不手到擒来？

在某个月黑风高的夜晚，她尾随于小白十分钟之后，于小白同学转过身说：“你干吗老跟着我？宋之意你是不是有什么事情要跟我说呀？”

她脸红气短地将情书塞给了于小白，然后慌不择路，飞奔回校。

整个晚上宋之意都没法睡觉，她想了一万种于小白的反应，接受？拒绝？装作不知道？

最后想得头疼万分，天都亮了，她顺势起床晨读，打算用声如洪钟的朗读驱走自己的焦虑不安。

她以为于小白一大早见到她就会给她答复，但想不到人家会若无其事地从她面前经过，然后像往常一样度过了愉快而充实的一天。

宋之意是个急性子，于小白坐得住，她可坐不住。晚自习过后，她看见了于小白回家，就又像前一天晚上一样，偷偷地跟在他后面。

在校门外一条僻静的马路上，她喊了声于小白的名字。

于小白停了脚步，扭过头看着她说："你找我有事？"

那一瞬间，宋之意有种想要砍死他的冲动。这个人，怎能如此无视她呢？好歹她也是个作文在全市获过奖的人。

但腹诽归腹诽，面上她还是满脸堆笑，她期期艾艾地说："那个，那个什么你怎么看？"

于小白装作一副无知的样子问："什么那个什么？你到底要说什么？"

宋之意一生气胆子也大了，她直着嗓子喊："你少跟我装，昨晚给你的信看了吗？"

于小白哦了一声，表示明白。然后他低下头，身体微微前倾，向着宋之意那一边，他说："我看了，写得还不错，就是抄袭沈从文那一段不太好。"

宋之意的脸立刻红得像火烧，她恨不得马上发生点地震之类的事情，这样她就好光明正大地逃跑了。

但是，此刻她不能，她只是站在那儿一动不动。

于小白说："文笔不错，创意不足，革命尚未成功，同志仍需努力。"

宋之意以后的一年里，格外关注写作技巧的问题，尤其是立意新颖这一块。她的努力没有白费，得到了班主任语文老师的屡次表扬。语文老师还煞有介事地说，他手底下的两员猛将，于小白和宋之意文风不同，但各得其美，宋之意的文好就好在不落窠臼，不走寻常路。

宋之意听了，然后就去瞟一眼于小白。可于小白，人家压根就不搭理她。于小白那会儿跟班花打得火热，没空想起自己从前的一句闲话。

宋之意心灰意冷，独自哭了很久，直到眼睛哭得像肿了的核桃一样才回去。

她突然间像变了一个人，变得不爱说话，每天除了学习还是学习。同学偶尔提起于小白的时候，她也懒得参与，她像个聋人一样屏蔽了有关于小白的一切新闻，可是她心里又像住了一只猫一样，痛痒难当。

她第一次体会到什么叫心痛，原来心真的会疼，而且是钻心地疼，她才明白那些作家从来没有骗过人。心痛的感觉原来就像是有人伸出一只手，探进你的胸腔，一阵胡乱摸索过后，找到你的心脏，然后用力一握。

她在疼痛与恨痒中度过了高三，然后在当年的九月份去了南京师范大学，而于小白则去了南京大学。

大一的时候于小白来找过宋之意两次，他跟当年的班花分手了。他的出现又扰乱了宋之意的心，她努力回想起于小白的“革命尚未成功，同志仍需努力”，是不是她要再努力一回？

于是，她又像从前一样开始对于小白展开情书攻势，与情书一起的还有电话。她热烈的情感重新回到了她的胸腔内，像大坝蓄水一样，原本平静无波的感情，如今闸门一打开，顿时倾泻而下，想拦也拦不住。

于小白在她猛烈的攻势下终于举了白旗，缴械投降。宋之意幸福得不知所以，像失了方向的船只，不知要往哪里去。有一段时间，她给我打电话，十分钟的内容，至少有八分钟是谈论他们的事情。我为了表示感兴趣，常常需要做出惊讶和夸张的样子。

我对她说："我真佩服你，你这样有勇气有恒心。所以，你终于抱得帅男归了。"

她哈哈大笑，然后说她是感情世界里打不死的小强。

宋之意给于小白买了许许多多的东西，于小白请宋之意吃了许许多多的饭。宋之意问于小白："亲爱的，你为什么光请我吃饭，不送东西给我呀？"

于小白就说，这不都是一样吗？反正都是花钱，还分花在什么地方吗？

宋之意只好说随你吧。但她嘴上这样说，心里多少还是有些在意。

春天，她生日的时候，她故意提前告诉于小白。于小白那天还是请她吃了顿饭，在傣妹吃的。她吃得三心二意，心里隐隐有些伤感，她想不到于小白连生日礼物都没给她买。

在送她回校的途中，于小白终于从口袋里摸出来一条珍珠项链。她兴奋得抱住他亲了一遍又一遍。

这是于小白送给宋之意唯一的礼物，宋之意一直戴着，她将这串项链看得比她自己的性命都重要。

宋之意对于小白采取的政策一向是宽容忍让，只要于小白高兴，只要于小白的女朋友还是她，她什么都能忍得了，什么都能做得了，什么都能等得了。

所以于小白跟她吵架的时候，她总是让着他，过后想尽一切办法哄他开心。

如果说爱也是一架可以衡量重量的天平，那么宋之意的分量难免显得太重了，而于小白的与之相比简直轻于鸿毛，不值一提。

宋之意天真地以为自己这样一厢情愿地付出，他总会感动的，他总归要跟自己结婚的，尽管那时候他们大学都没毕业。

于小白觉得宋之意对自己这样情深义重，在扬扬得意之余又会觉得不堪负荷。他是吃定宋之意了，所以“被偏爱的有恃无恐”。

后来宋之意看张爱玲的《红玫瑰与白玫瑰》，听陈奕迅的《红玫瑰》，感觉好像脑门被人敲开了一个巨大的豁口，呼呼地往脑子里灌风，她那会儿才明白人性的这一点贱，全是仗着爱你的人对你的宠爱才敢这样肆无忌惮。

天平最终还是严重倾斜了，倒了。于小白提出分手，他带着遗憾的神色告诉宋之意说：“很抱歉我从来没有爱过你，我只是被你感动了，你是个好女孩，你温柔体贴，你善解人意，你值得更好的人来爱。”

宋之意只顾着哭，一句辩解挽留的话也说不出口。她想说的是，我之所以温柔体贴还不全是因为你？

但是她没说，她只是没头没脑地哭，但并不是放肆地哭，她压抑地哭，一双手捂着自己的脸，心痛的感觉又回来了，比从前要痛百倍，像一万只手在她心脏那里蛮横地搅动。

于小白说：“没有我你照样会过得很好。”

宋之意不住地摇头，她想说：“可是这个星球上我只想跟你一个人在一起呀。”

几年之后，宋之意就成了今天这副德行。她变得强势精明，再也不是过去那个于小白怀里的温柔小女人。

爱情令女人变得无比温柔，失恋却令女人变得坚强、强硬。

如今的宋之意硬得像块石头，她将自己变成一个中性人，没有性别，没有爱憎。

于小白一直留在南京，读研、工作，最近听说要调来上海上班了。我问宋之意：“他来了，要见你，你见不见他？”

宋之意说：“都是你，怎么能不经过我同意就把我的号码给他？”

然后她故作叹息状，“见就见吧，谁怕谁呀？姐姐我现在事业正春风得意，恨不能一日看尽上海的花花草草，他当年也算校草一株，我就收了他吧，权当给他点面子。”

宋之意与于小白约在静安寺附近一个咖啡馆里，下午三四点的光景，正是慵懒的时节。那一天，她特意穿了件漂亮的湖蓝色连衣裙。她还记得于小白喜欢蓝色。

她比约定的时间早到了整整半个小时。她点了杯咖啡，找个僻静的角落坐下来，透过玻璃窗悠闲自在地打量街面上的行人，她自作多情地想象着他们的故事，然后决定是该替他们欢喜还是替他们悲伤。

这些年，她学会了先去观察，然后才表达。

她想起跟于小白的那段不足一年的感情，如果那时候的她能有现在这样理性成熟，也许不至于一败涂地。

就在她胡思乱想的当口，于小白应约而至。他手里捧着一束花，笑吟吟地站在她的对面说：“送给你，希望你喜欢。”

宋之意突然间莫名其妙感到一股心酸涌上心头，从前她巴巴地等待着的浪漫与体贴，如今以这样过期的方式不期而至。

她无比心寒地意识到，她只是他生命里一个无足轻重的过客，好比这次重逢一样，这不过是他的临时起意。

那晚回家后，宋之意接到于小白的信息：“世间所有的遇见，都是久别重逢。”

宋之意突然起了报复心，给他回了句：“山寨王家卫的，文笔不错，但创意太差。”

于小白说：“如果我苦练创意，我还有机会吗？”

宋之意说：“革命尚未成功，同志仍需努力。”

相逢在恰如其分的时间里

苏小柔今天的一切全是她父亲一手塑造出来的。她5岁的时候，父母离婚，一个住上海，一个住北京，天南地北，她从那时起便开始了漫长的迁徙，她像候鸟一样，大多数时候有固定的迁徙时间。

有时，她在北京陪妈妈与叔叔；有时她到上海陪爸爸和阿姨。她有两个家，但是她常常无家可归。

6岁那一年，她见到她爸爸的一个朋友，30多岁的女性，穿着优雅的连衣裙，那一刻她在心里暗暗下决心，将来长大了她也要像那个阿姨一样美丽妩媚。

18岁之前的她多数生活在上海，18岁那年她北上去北京读书。

我跟苏小柔是在一次老乡聚会上认识的，那一次她扎在江苏堆里显得特别惹人注目。她笑着跟我们说她爸爸老家是江苏的，所以她也算半个江苏人，事实上她四海为家。

很多年以后，她跟我说："亲爱的，对我来讲，哪里有我的爱人哪里就是家，可是，我还没有找到那个人。"

苏小柔，人如其名，美丽而温柔。但她的温柔不是没有主见，听凭别人裁决的羔羊，她的温柔中满是智慧、优雅、从容、力量。

我一度爱她爱到说出这样的话："亲爱的，遇见你，我真恨不得自己是个男人。"她每次听到都是满脸堆笑，然后坦然受之。因为她值得这样的赞美。

苏小柔的美丽不像其他美女那样充满侵略性，她像温润的玉器。后来我想，这也许跟她的经历有关，因为她的父亲是一名出色的古董商人，也许，久而久之，这种东方式的温和圆润之美就被她继承了过来。

她不仅人生得美，穿着也美，我记得她无论什么时候出现永远都是一副精致优雅的样子。她在我心中就是典型上海女人的样子，并且是一个“脱离了低级趣味”的上海女人的样子。

我从来没有见过她发火的样子，她生起气来也是美丽的。她眉头轻皱，轻叹一声，然后用略微恼火的腔调说一句：“怎么可以这样子呀？”

她笑起来同样美丽，她不会像我这样哈哈大笑，完全不顾形象。她无论何时何地都保持她淑女的风度。

我的大学时代是在那所非富即贵的学校里度过的，而我顶多算邢岫烟（《红楼梦》中投奔贾府的穷姑娘）。

小柔有很多漂亮的衣服，有些穿过，有些没穿过。她会趁着没人的时候，把我拉到一边，然后将一件绿色的T恤递给我，一起递过来的还有白色的棉衣。

她笑着说：“这些送给你，希望你不要嫌弃。我们俩身材差不多……你穿着应该很合身。”

她这样帮助弱小如我者，从来不是用那些对着祥林嫂奉献廉价眼泪的看客的方式。

这是我第一次感到小柔的善良与美丽。

大一那年冬天小柔的家里出了大事，一直爱她疼她的父亲出了事。一瞬间她感到上海那个家没了，空了。

但是，她外表还像从前一样镇定从容。

从前，她是众星捧月的公主。那时，所有人都围着她转。那些

人有官员，有亲友，还有她父亲生意场上的朋友。人人都夸她漂亮，人人都说她会前程似锦。她以为自己将来只要随便上个学就可以锦衣玉食一辈子。

后来，她父亲倒台了。一时间，她看懂了《红楼梦》里的树倒猢狲散。过去，那些围绕在她身边的叔叔阿姨，消失得无影无踪，她们家门前冷落鞍马稀。

她早早地看透了世态炎凉。她对此没有太多抱怨，只是淡然地说："这也没有什么不好，人活着，其实用不了那么多钱。人都是趋利避害的，没什么。"

自然，这是十来年后她的态度。

在当时，这个未满20岁的上海姑娘过了一个不平静的年。

陪她一起过年的是个浙江男人，李骥。

李骥是个遗腹子，他父亲是个警察，在他还在娘胎里的时候，他的父亲就在执行任务时光荣牺牲了。

从小，他跟着自己的母亲相依为命。他的母亲在他父亲走后一直没有嫁人，因为她害怕李骥受到伤害。

小柔父亲出事那一年，李骥的母亲刚好去世。这个熬了一辈子的女人，在儿子长大成人的一刻，带着无限的眷恋、无限的不舍，平静地走了。

小柔给他打电话，每次都挑选在夜里，就像后来他打给小柔的时间一样。小柔说，也许，他们的感情就是属于夜晚的，不为人知，相互取暖相互依偎，度过人生最难的一年。

小柔在电话里哭着诉说没有家的烦恼，她不愿待在北京也不愿回上海，一个人住在空荡荡的大房子里，喝口水的动静都能震动房顶。

李骥说："要不，你来我家里吧。"

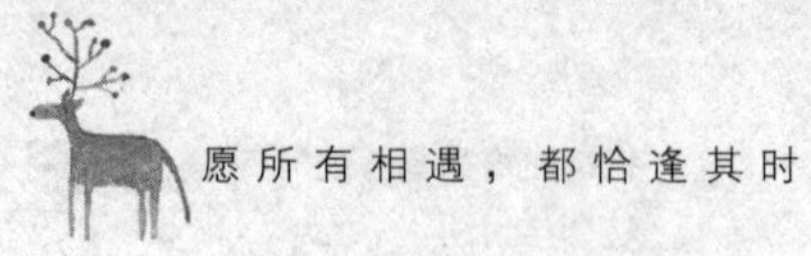

那一年的寒假，她给自己买了张火车票，从北京到杭州。

这是她第一次坐这么久的火车，一个人，硬座。

李骥的家跟小柔的家一样大，她在住进他家里的第一晚立刻懂得了他为何邀请她过来。

面对李骥失去母亲的悲伤，她甚至不再好意思多谈自己的遭遇。世间事，除了生死，都是小事。

李骥陪她聊天，看电视，听音乐，小柔的情绪明显好多了。

小柔说："梁咏琪有首歌，叫《天使与海豚》你听过吗？"

他摇摇头。

小柔为他清唱了一曲。

李骥听完了，眉头一皱说："太伤感了。"

小柔以为他不喜欢这首歌，心里颇有些难过。有时，她又在想，也许是她唱得太难听了？

小柔在那个寒假，很少见到他。他每晚出去买醉，然后在天不亮的时候回家，倒头就睡。他睡下了，小柔也该起床了。

她为他做了简单的早餐，这在过去简直不能想，因为她是出了名的上海小公主。

然而，现在她全做了。尽管，她做得不那么尽如人意。

他总是嚷嚷着："我想睡觉。"

只有到黄昏时分，他们才能真正一起吃顿晚饭，顺便聊聊天。

白天他睡觉的时候房门紧锁，但小柔偶尔还是能听见他隐忍的哭泣声。她很想进去安慰安慰他，或者说只是给他一个温暖的怀抱。但，好多次，她走到他的房门前又退了回来。

年味越来越重了，小柔待在家里整天足不出户。有一天，李骥拉着她说："走吧，今天带你出去。"

小柔问："出去做什么，买年货吗？"

李骥说："你不是喜欢听《天使与海豚》吗？我们今天去买张碟回来好不好？"

两人跑了杭州好多家音像店，老板们的回答都是"没有"。

她靠在马路边的柱子上，闭着眼睛摇摇头叹息道："可能跟这首歌没有缘分吧，算了，别找了。"

可是，等她回转过来的时候却发现李骥不知何时不见了！

这一惊不小，她一个人站在陌生的杭州街头，身无分文，想想都害怕。

然后，她用一分钟时间整理了思路，猜测李骥大约临时有事，而且是急事，所以不告而别。

她这才意识到，她竟然没有带手机出来，甚至不记得他的电话号码。她别无选择，只能守在原地等着。

冬日的暖阳照在她身上，她眯起眼睛望着来往的行人，行色匆匆的旅人，不知晚上又将投向哪里。

她悲哀地想着，别人都有家，她却没有。

那时候，她就存有一个巨大的梦想。这个梦想就是找个相爱的人，共建一个温暖的四处充满生机的家。

想到家，她的脑海里一闪而过的是李骥的身影。

但是，她知道，他们相遇在人生最糟糕的时刻。

她一直倚在那根柱子上没有走动。

在她等得疲倦的时候，李骥一头大汗出现在她的面前。

李骥喘了口气，然后从背着的手里递过来一张CD，她瞟了一眼，封面上写着大大的《天使与海豚》。

她有些感动，想要掉泪，然而话到了嘴里变成了简单的两个字：谢谢！

寒假回来后，小柔整天单曲循环那首歌，她记不清自己究竟听了多少遍，她整整听了一年。

再后来，李骥跟她的联络总是淡淡的。他有时会给她打电话，通常是在半夜三更，或者他喝醉了的时候。

他跟她抱怨如今的女孩子太现实，然后说自己相亲无数次都没遇见一个合心意的。

整整好多年，他们就这样不咸不淡地交往着，他们从不提及那个寒假里一起生活的细节，好像故意要忘了那段漆黑的岁月。

小柔毕业后去了上海，她要照顾父亲，忙里忙外，没有时间去恋爱。

李骥这些年则来来往往，她告诉他说，随缘吧。

后来，李骥终于打电话告诉她说要结婚了。小柔说："真好，我替你开心。"

她觉得他早该找个知冷知热的女人照顾他了，可是她从来没有想过那个女人有可能是她自己。

她不善表达，从来不会主动表示一点儿想要往前的意思。

他们总是那样，联系不多却随时可以找到对方，无论多晚。平日里，他们很少想起对方，一旦遇上不顺心的事情又会在第一时间想起对方。

一线距离，却又遥不可及。

又过了几年，因为工作的关系，小柔和李骥还有其他几个朋友一起出差。有一次她去他房间的时候，只有他一个人在。李骥突然说："我文了个文身。"

小柔说："是吗？"她无法相信他那样一个男人会文身。

他点头说："真的。"

小柔说："文了什么？"

他说："海豚。想不想看一看？"

小柔慌乱地说：“不用了，不用了。”

然后，再也没有然后了。

不是所有相爱的人都会在一起，就像不是所有不爱的人都会分开一样。有些感情就像清淡的薄荷，从来没有热烈过，但那个味道一直盘旋在你的味蕾上，久久不肯消散。

总是有那么些时候，那个恰如其分的人没有出现在恰如其分的时间里。

亲爱的小柔，一直还是单身。她不急不躁，像她美丽的个性一样。她在等待下一个恰如其分的人。我为她祈祷，祈祷那个人能与她相逢在恰如其分的时间里。

愿你被岁月温柔相待

朋友S，是个喜欢低调害怕被人认识的人，但又是我一直想要描写的人，所以我只好叫她S。

S是个律师，一名相当出色的非诉律师，她代理过的国际知识产权领域的案子多到令人震撼。

S是我同乡，平时的爱好很简单——阅读各式各样的书，从人生修养到文学名著，从法学专著到英文原著，无不有所涉猎。

她的英文好到令我嫉妒，因为她是个地地道道的“土鳖”，没有留洋镀金，英文却好过一些留学生。

她开宝马住大房子，很多人羡慕她，只有少数几个人明白她付出过什么。

今年夏天我出差到北京，住在她家，她时常很晚才到家，有时

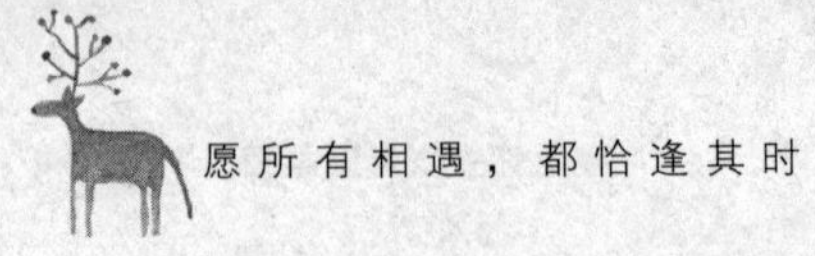

想跟我一起吃顿饭的时间都没有。

后来有天晚上她工作完了回到家，已经九点半，她说特意留着肚子跟我一起吃晚餐，我将她家里仅有的一根辣椒和一个西红柿混合在一起做了两大碗面。我们两个吃得特别开心。

她带着歉意对我说："亲爱的，真对不住，让你陪我吃这样简陋的饭。"我全然不当一回事，只是心疼她每天那么累。

我说："以前我们一起住没卫生间的平房，冬天连电暖气都舍不得开的时候，也没觉得辛苦呀。"

她微笑着点头，提起很多往事，我们笑出了眼泪。

S好似一直没有轻松过，一直过着让自己高度紧张和疲累的生活。我劝过她放松解压，全然无效。她缺乏安全感，只有让自己像高速旋转的陀螺一样，才感到自己被需要、被重视。

即便在这样辛苦的工作中，S每天依然保持阅读的习惯。她喜欢日本作家村上春树，喜欢他的原因很简单，因为他写出了让她为之着迷的《挪威的森林》。

S说她记不清读了多少次。人们总是容易喜欢跟自己有关的事物，对与自己无关的常常漠不关心。对我来讲，那本书就像一件青春时期扔掉的旧衣服，只能隐隐约约记得大概模样，具体细节一概不记得。

我能记住的永远是最令人好奇的三角关系，一个男人与两个个性不同的女人之间的情感纠葛。他矛盾、彷徨，好似怎么选择都是错，怎么选择都有理一样。

我知道她为什么那样喜欢那本书。因为她曾经就是那个被选择的直子或绿子。

S幼年家贫，跟着父母颠沛流离。她是家中老大，下面还有一串妹妹和一个小弟。小时候，她爸妈常年外出打工，她便带着这一

串姊妹寄居在同样不算富裕的舅舅家。

在舅舅家她尝尽了人间辛酸，对所谓的白眼冷遇，比同龄人要知道得早得多。在别人家孩子还在父母怀抱中撒娇的时候，她就要学着做些家务换来舅母的好脸色。

后来她实在受不了了，竟然带着妹妹弟弟“逃”回了自己的家。她自己煮饭给他们吃，不足10岁的她开始代行母职。

长大后的S性格倔强，学业优异。她说，我没有不刻苦的理由，因为学习对我来讲是最容易不过的事情了。

中考后，她作为镇上唯一的女生上了县里最好的中学。在高中，S一样出类拔萃，她是语文老师喜欢的笔杆子，作文经常得奖，那时候她一度以为自己将来要做一名作家。

后来也许是她觉得作家实在太穷了，而她受够了穷，知道穷的种种不好，所以决计改变现状，就像张爱玲一样，她少女时期因为没有好衣服穿，等到自己赚钱的时候，拼命给自己做了很多漂亮的奇装异服。

人都有这样的补偿心理，但凡过去得不到的，过后总想着加倍补偿自己。

经过她审慎的思考，她决定学习法学，用法律知识捍卫自己的权益，保护她的家人。高考后，S顺利进了中国政法大学学法学。

我第一次见她，正是她从政法大学来我们学校的时候，晚上她跟我挤在一张单人床上。

S瘦瘦小小，样貌平凡，理性克制，与我像一枚硬币的两面。然而，我们在见面的瞬间就确定可以做好朋友。因为整晚我们都有说不完的话。

毕业之后，我和S都留在了北京。我做编辑，她在律所当实习生，同时准备各种考试：商务英语、口译、考研、司法考试等。

她仿佛永远在学习，永远在读书，永远在考试。学习让她保持忙碌不被时代所淘汰，考试拿到证书让她获得些许安全感。

我记得有一段时间，我在追星，忙忙叨叨要去首都机场见某个明星，现在回忆起这些觉得当年的追星生涯也算是青春来过的痕迹。她当时租住的房子在朝阳，距离机场比较近，于是晚上我就借住在她那里。

清晨六点多的时候我还在睡意蒙眬中，她已经端坐在桌前开始学习，然后抱歉地扔给我一本《三联生活周刊》说让我自娱自乐。

S忙到没空去恋爱。在24岁之前，她的感情世界几乎是空白的，直到遇见了来自湖北的K。K，华中科技大学计算机科学与技术专业出身，硕士研究生，当时在北京海淀某国际知名企业里实习。

K我没见过，但是S向我提过不止一次。于是我根据她的描述大抵知道他是个怎样的人。K敏感多情责任感极重，跟S一样家境贫寒，是家中长子，理所当然肩头上的责任更大些。

他的父亲曾经欠下别人不少债，K那些年忙着给父亲还债。K聪慧精明，跟绝大多数的湖北人一样，K缘何喜欢S，我不得而知。当时，S的样子在很多人看来未免十分不起眼，贫穷、不会打扮、工作一般，我记得当时她一个月的薪资还不足三千块。

然而，时至今日我想说的是，K眼光不俗，因为他看见了她身上的韧劲和智慧。S确实是我见过的女性中少有的具有十二分智慧的人。这种智慧不是圆滑世故，不是委婉含蓄，而是从根上带来的智慧。

S当时很高兴，因为她觉得K就像另一个自己一样。他们如此相像，沟通起来全无障碍，默契到往往对方一个眼神就能心领神会。

有一次S到K的住处，恰巧逢上她来例假，她拿了个冰冷冷的东西就要吃。K夺了过来，然后对她说："一个女孩子，如果你自己都不爱惜自己，又怎会有人珍惜你呢？"

S大为感动，以为自己遇见一个十分珍惜她的人。

那晚，他还特地烧了热水为她泡脚。

S要去南京一家律师事务所面试，他送她。

在火车站，他旁若无人地亲吻她。S突然莫名其妙地感觉到他要离开她了，这感觉十分奇怪，无从解释，然而她坚信自己的第六感。

女人在感情方面的第六感往往神鬼莫测般准确。

K一直瞒着她，他在武汉已经有了女朋友。女方为了他没有读大学，早早出来工作，供他读研究生。

S觉得他左右摇摆举棋不定，他一会儿向她忏悔自己不该隐瞒真相，一会儿又谴责自己不该用情不专，如今伤了两个女人的心。

他不能替自己做决定。如果他选择S，等于选择了有共同语言的爱情，但他终生将活在不安和自责中；如果他选择原来的女友，等于选择了责任和道义，但他将不能从妻子那里获得更高层次的精神交流。

在感情世界里，外人尤其喜欢品头论足，却忘了感情如同鞋子，合不合脚只有当事人自己清楚。

人性最复杂，是一本天书。

S也像张爱玲一样，既然他无法选择，那么她就替他了断。她主动退出了他的生活，用一种不落痕迹的方式。没有哭哭啼啼，没有怨恨，没有自怨自怜，只是安安静静干净利索地退了出来。

她说："我不怨恨他，我只是心疼他，心疼他一辈子为了责任为了他人而活。他一辈子只能做那个女人的好丈夫，父亲的好儿子，儿女的好父亲，唯独不是一个好情人，甚至，不是一个好男人。"

S跟K分手后，她又像往常一样读书考试。有两年她的运气特别背，司法考试差三分，考人大民商法的研究生也差两分。但是她从不轻易放弃，她是那种确定目标后就要完成的人。

我想，那么多年她主动放弃的事情，只有一样，便是她跟K的爱情。

再后来，K跟他的那个女朋友结婚了，然后有了个可爱的小女儿。他将全副心思都用在了女儿身上。

S在他结婚之后遇见了她后来的先生。

S说遇见他以后，她成了一个废人，因为她什么都不需要操心。他心疼她，愿意为她做饭洗衣，操持一个小家。他是世人眼中惹人羡慕的职场精英，还是对S疼爱有加的人。

我记得他们结婚后，有一年我回北京，S忙得没空请我吃饭，是他跟我一起吃了午饭。饭后，他突然间问我说："木棉，你觉不觉得S特别美？"

我一瞬间愣住了。因为S完全不是传统意义上的美人，她甚至还有些小龅牙，然而，正是这样一个她，在他的眼中却是个不折不扣的美人。

我特别感动，感谢上天对她的安排和眷顾，让她在命运的颠沛流离里抓住了温暖和幸福。S是虔诚的基督徒，而我不是，可是我却由衷地感谢上帝，感谢他这样安排，让她这样勤奋聪慧的女孩获得了人世间最温暖的幸福。

那么多年过去，我又回北京的时候，她向我提起K。她说K约她见了两回面。我问她："你对他还有爱吗？"

她说："完全没有了。我现在只爱我的先生，因为我再也找不到这样好的爱情了。但是我还会关心K，默默的，毕竟我曾经爱过他。"

这也许是我们共同的人生秘密。人这一辈子，谁还没有个藏在心底默默关注、默默想念的人？

这种关爱与想念跟爱情无关，却跟青春跟回忆有关，因为无论何时，回忆起从前的时候，那个人总能占据整个的大脑，他已经成为过去的组成部分，像秋叶飘零的季节，如果你是那棵树，那么他就是那阵风。风来的时候，你随风而舞，飘飘洒洒落下几片枯黄委屈的枝叶，和着惆怅的曲调翩翩起舞，祭奠你逝去的青春。

然而，风带不走你。因为，岁月早已让你长成一棵挺拔有力的大树。

我想和你虚度时光

浩宇来到这座城市已经整整八年了。

刚毕业的时候，因为专业冷门，他到哪也找不到工作，看到一家医药公司招销售，就去了。没想到，他这样一个木讷的理科男生愣是锻炼出了一副好口才。

后来他从销售行业转到做企业培训师，有了个女朋友，是同行，叫沈君瑜，人和名字一样好看，高挑，说话细声细气，但听起来很令人舒服。

当君瑜还在时，他懒，每年到职业资格考试时她催他复习备考，他就撒娇买套题，却从来没做过。好在公司开明，并不一定要求员工执证才能上岗。直到一个月前，君瑜走了。

说起来那是场不可思议的事故，但偏偏，普通人的人生里也充满着不可预知的悲剧。

那是龙川的一只氢气球，飘飞300多公里后，降落在浩宇上班的写字楼前的空地上。

那天，浩宇说要加班，君瑜说：“那我过来接你，一起去书店买套考试题。”浩宇说好。

那是下班时间，氢气球降落后，很多人上前围观。君瑜不知道发生了什么事，也跟着人流过去。就在这时候，气球突然爆炸了。

巨大的气浪冲向人群，伴随着一大股火苗。那场事故造成了7人被灼伤，君瑜是伤得最严重的一个，浩宇赶到医院的时候，君瑜已经被蒙上了白床单。

浩宇有点恍惚，就在早晨，他们出门前还因为一件小事吵了场小架，对，在浩宇看来，那只不过是一件小事，他不耐烦地朝君瑜吼了句：“你到底想怎样？”

君瑜突然停止了指责，面容又憔悴又忧伤：“我不想怎么样，但至少不是现在这样。”他还没回过神来，君瑜丢下一句话就出门了：“杭浩宇，你该成熟点了。”

男人年轻的时候，听到女人这样的话难免气盛。浩宇一整天都没理她，倒是快下班的时候君瑜主动给他打了个电话。那会他心里还有气，加上手头还有工作，就嗯嗯啊啊地回应着她。只是没想到，那竟然成了诀别。

浩宇呆立在医院的走廊上，被匆匆走过的人群挤得险些站不住，他看着君瑜的家人在她面前号啕大哭，却动弹不得，他想开口说句话，却听见自己的声音，孤孤单单的，如游丝般消失在空气里。没有人理会他。

他踉踉跄跄地逃出医院，回到家里，他习惯性地进门先喊一句“我回来了”，但那天，他刚张开嘴，才想起君瑜已经不在了，没人再应他。

他在黑暗里坐着。不知过了多久，他起身，从书柜上方摸出去年买的那套企业培训师考试真题，封面已经蒙上了薄薄的一层灰。他掸了掸灰，对着空气说：“我想参加下一次考试。这次是真的。”

附近有一家24小时书店，他下了班就会去里，点杯咖啡或者花茶，就可以坐一晚上，周末的时候，他甚至三餐都在那解决。

但事实上，一连过去两个星期，他什么都没看进去，更别提做题。只要一坐下，他的眼前就会浮现出君瑜的脸，忧伤的，温婉地笑着，模模糊糊，渐次出现又消失。他想起自己下班回家后从来没做过饭，总是打着游戏等君瑜回来做。

他嘴甜，夸夸君瑜手艺，君瑜就又心甘情愿地为他洗手做羹汤。有时要加班，君瑜叫他先去市场买个菜，他都懒得去，君瑜下班时菜市场关门了，超市又远，只好打包饭回来俩人凑合着吃。

浩宇想来想去，这些年，好像一直是君瑜照顾着他，以至于他连家里的胡椒粉是黑的还是白的，放在厨房哪个格子里，雨伞被收在柜子哪一层，甚至自己的袜子有几双，内裤有几条，都搞不清楚。他的生活彻彻底底地乱了套。

而就在这个时候，公司突然开始审核员工的执业证，他没有，被强行降了一级，和比自己晚来几年的后生仔平起平坐。

他心烦意乱，走到24小时书店，自然也是看不进去书。当他从书店的三层小阁楼往下走，木质楼梯发出轻微的咯吱声时，他觉得周围的一切都变得十分陌生。

楼梯边上有些海报，有一张黑白的海报，字迹已经有点模糊，他被上面画着的一只奇怪的鸟吸引了，停下来凑近了看，下面有一行小字：有一种鸟没有脚，它只能一直飞。

浩宇想：“我的脚已经废掉了，我走不到我想要的生活了，所有曾经享受过的美好都已经消失殆尽。糟糕的是，我连翅膀都没有。”

那天晚上，他到花城广场跑了两圈，一屁股坐在潮湿的双人椅上时，脑子里只有一个念头：“我要走，我要离开这里。”

那时候他已经打算好回家就收拾行李，然而，走到半路，他突然想起，那本考试用书还放在24小时书店的桌上没有拿。

那是君瑜买的，他要把它带在身边。于是他返回了书店。当时已是夜深，书店里已经没有多少人，他拿走自己的书时，无意间瞥见旁边免费看书的桌子旁，还坐着一个女孩。

浩宇从来不喜欢和人挤在那像课桌一样并排着摆放的书桌，尽管那些桌子没有消费要求，而这家书店的咖啡和西餐，并不便宜。

那个女孩看起来像个学生，或者刚毕业不久，穿着红色的帽衫，牛仔裤，扎着松松的马尾，趴在桌上似乎睡着了，手臂下还压着一本打开的书，一只黑色的双肩包搭在椅子背上。

那一刻他有种异样的感觉，仿佛是，他心心念念的君瑜回来了。但眼前这个女孩，显然和君瑜一点儿都不像。

君瑜瘦瘦的，有点黑，喜欢穿职业套裙。而她，从侧脸看过去有点婴儿肥，很年轻。他上前轻轻地推醒她：“嘿，你的背包拉链开了，小心里面的东西。”

后来，浩宇知道了那个女孩叫肖雨芯。再后来，他知道肖雨芯在一家外贸公司做韩文翻译，下班接点翻译的私活，常常会带来书店做。再再后来，你们都猜到了，他们在一起了。

刚开始，浩宇以为肖雨芯是君瑜冥冥之中带给他的天使，让他不要离开这座城市。但他很快发现，肖雨芯是和沈君瑜完全不一样的两种女孩。

以前，君瑜总是催他考试，埋怨他不上进，但肖雨芯从来不

会，她总是说：“你要觉得开心，怎样都好，不想考，咱就不干这行了呗。”但反而是这样，浩宇觉得自己应该打起精神来，把证考下，争取年内恢复原职，他比以前更有责任心，也开始为别人着想了。

雨芯不会做饭，并且还总爱吃垃圾食品。他就每天早一点下班，拿着菜谱一样一样把菜学了来，做给雨芯吃。

有天晚上，浩宇在厨房忙得不可开交，向客厅喊了雨芯过来：“给我拿瓶胡椒粉来。”雨芯蹦蹦跳跳地跑过来打开橱柜门，一边找一边问：“要黑的还是白的？”他一下就愣住了。他想起曾经，他也是做菜连胡椒粉要放黑的还是白的，都搞不清楚；而现在，他居然会了这么多，他居然好好地生活下来了，没有走，也没有逃。

他想起君瑜走的那天早上对他说的那句：“杭浩宇，你该成熟点了。”

“沈君瑜，我终于意识到了责任、用心和如何照顾人。”浩宇对着空气说了声，“谢谢。”

肖雨芯没听清，大声问：“你说什么？”浩宇接过她递来的调料瓶，撒了一点在滋滋作响的牛扒上，翻煎起锅：“没什么。”

浩宇向肖雨芯求婚的那一天，请来这些年和他最要好的朋友，其中也不乏见过他和沈君瑜恩爱多年的朋友。在肖雨芯的公司楼下，浩宇单膝跪下，打开一只精致的小盒子：“我曾经虚度过世界，也曾经以为不要辜负任何人的期待，遇见你之后，我想和你虚度一切时光，不再匆匆赶路，和你一起散步，坐在草坪上发呆。我想停下来了，但我也想和你一起飞。”

你有没有和喜欢的人喝过酒

很多年后，婧依然记得，他们第一次见面的时候。他是一家知名出版集团的资深编辑；而她，是商学院大三女生，来面试实习生。

婧开口叫他老师，而他微微地皱了眉：“太生疏了，能不能换个称呼。”婧觉得他皱眉的样子很好笑，俏皮地说：“那我叫你大叔吧。”

资深编辑和实习生，本来就是业内秘而不宣的“香艳”组合。不幸的是，婧也遇上了。或许对婧来说，这是幸运。

有一次，她无意中翻到大叔的经历，手指抚过那些在她人生前二十年浅薄的经历里从来不曾想象的荣耀，便深陷其中。

这算倾慕吗？曾经婧也无法理解郭襄为何心里装下杨过就这么挂念了一生。

后来她明白了，普通的人生，看看玛丽苏文幻想下五十度灰的霸道总裁也就算了。但是如果真的有这么一个人，让你见识到了踏着七彩云朵披荆斩棘的英雄，很难不幻想，他是为自己而来。

每天晚上，婧躺在宿舍的床上，都会把他给她发过的微信都看一遍，直到拉到最后的语音“晚安”，她才甜蜜地抱着手机睡去。

她想，微信真好，还能听到大叔的声音，他升职时高兴的语调，辞职时低沉稳重的自信，聊单位同事八卦时的孩子气，谈到家事时的絮叨，都能让她陶醉好久。她想，大叔这么信任她，跟她说了好多事，他俩应该算是“亲密”的人吧。

有一次，因为赶出版进度，他们一直忙到凌晨一点，抬起头来才发现办公室里只剩下他们两人。

婧一直记得，大叔走过来，自然地拉起她的手说："走，我们去吃个夜宵。"后来他们在大排档吃烧烤，大叔兴致很高，还叫了杯扎啤，但是不准她喝，说："你以后长大了再喝酒。"

婧不服气："我已经是大人啦！"想抢过来却被大叔按住了手。那一次，一向温良有礼的大叔定定地盯着婧的眼睛，许久才缓缓吐出一句："如果很久以前就认识你我一定不会是这样，我一定会很努力地追求未来。"

那现在为什么不可以？婧迟迟不敢问出口。怕什么？她也不知道。和许多剧本烂俗的电视剧情节不一样，大叔并没有结婚，甚至没有女朋友，这一点，婧曾经通过各种查通话、微信等记录确认了。

有时候，她特别害怕突然有一天，大叔牵着别的女孩的手来到她面前，告诉她这是他的女朋友。因为她总是想不通，他的女朋友为什么不能是她。可是过了段时间，她又认为，应该是，只要不是她都有可能。

大概每个人都经历过这样的年纪，自卑又敏感，觉得是自己不够好，可心底深处又不愿承认，只会暗自腹诽对方没眼光。也因为有了这样的小心思，反而耍起了各种高冷，比如对方来找自己的时候，装也要装出一副不在意无所谓的样子。在发出那句"那你忙吧"，内心却各种独白："忙什么啦，快来理我""什么，你居然不回我了""不管啦，你真的不理我吗？再不理我生气了""抱抱我啊，快！我就不生气了"的循环。

王力宏在北京开演唱会那天，婧刚好下午要考六级，来不及赶过去，晚上正在一边对着答案一边懊恼的时候，大叔给她打了个电话，那边很吵，很多人合唱和大叫，而王力宏在远远的舞台那边传来的声音是那么空旷却有穿透力，让人莫名兴奋。

是的，婧比在现场还要高兴。那首歌的名字叫《Forever Love》，很长一段时间在婧播放器里单曲循环，矫情又动人的旋律在那一刻像是有了落脚点，在婧的心里生根发芽，从此再也无法忘记。

他们的感情就是你放一点糖，我放一点味精。但缺少盐的生活显然是一道意犹未尽的菜，总有人先跳出来说，我需要一个改变。

那时候刚流行脸萌，她给大叔做了一个，大叔也给她做了一个，然后她把两个小人拼在一起，选背景的时候，她毫不犹豫地点了“百年好合”的主题，却在点“确定”的时候返回删掉了。

她害怕他逃避。

而他是从什么时候开始逃避的呢？

有一次，婧看网上的测试，拿去问大叔：“付出真心和保持距离你选哪个？”大叔毫不犹豫地指着“保持距离”。

那一次他俩不欢而散，婧还没意识到什么，只是隐隐地感觉到，之前大叔说“相见恨晚”，她以为是“不够勇敢”的代名词，似乎是错了。

人类是需要某种仪式感的。后来好几次，她暗示他们该确定关系，都会听到各种借口，甚至有一次，她微信被大叔直接拉黑。她觉得很委屈。是啊，如果喜欢为什么不在一起，如果不喜欢，为什么要做那么多事让她欢喜让她感动。

刚开始恋爱的时候，谁没有被自己感动过，却还以为是对方深爱呢。谁没有在暧昧无果的时候，想要伤敌八百却先自损了一千呢。但总得经历过这些，才能明白，从来就不需要去体谅那么多的“有难处”，好的关系，从来都是顺顺当当，不会有那么多的飞蛾扑火和垂死挣扎。

那一阵，婧学会了抽烟，也开始酗酒。她说："人生中的艰难与困顿，不就是靠着酒精撑下来的吗？"但是她那会儿大概还不知道，人生还有许多喜悦与光明，那些才值得大醉一场。

许多年后，她有了喜欢而又将她放在手掌心的人，相对坐着，想起曾经的醉酒，虽然有点幼稚，却觉得一点儿也不可笑。

"不知道你们有没有和喜欢的人喝过酒，"婧说，"那是和想要麻木自己完全不同的感觉。我遇到一些人，也错过一些人，现在回首却发现，我竟然在忘记那些人。那些我曾经舍不得的回忆，到底是从什么时候开始，任时间淡漠的呢？"

可能是2015年2月3日那一天，婧看到新闻说，有位83岁的老太在终南山小五台半山腰盖了座小庙，诵经修行，已达四十余年。

她想起曾经大叔告诉她自己要"出家"了，刚开始她自然是不信，但是大叔言之凿凿说已经定了地点，是福鼎的资国寺，还给了她佛教协会的电话，说不信可以打电话去证实。

她信了，还为此哭了好几天。她从未像此刻这样想过这么多种对于自己人生的可能性，比如在他剃度那天冲上去哭着求他回来，再如也去出家，要去大叔在的寺庙，做个尼姑也好，这样看他一辈子也好。

第一天的时候，她甚至想要马上去退学，越快越好，不用告诉父母，自己已经过了18岁了，可以决定自己的人生了。

好在后来大叔告诉她，只是去"修行"几天。她第一次听到这个词，百度了好多遍，才相信大叔并没有离开她。

那时，她常常看着手机里的一张照片傻乐：那是阳光透过树叶照下来在地面形成的一个心形光斑，是大叔在寺里拍下来发给她的。

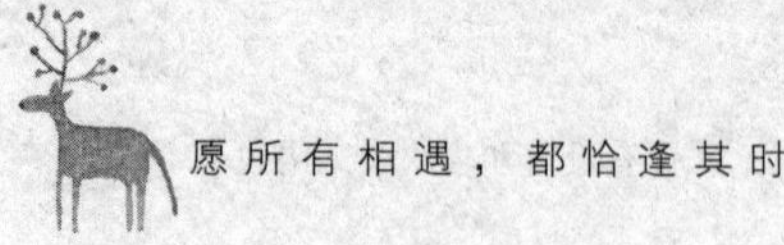

那时候，他看到美好的风景，听到美好的歌，都会发给她和她分享，她的心便被这些细小的满足感撑得再也装不下别的念头。而那天，当她看到那条终南山老妪的新闻，翻箱倒柜找出旧手机，充上电，找出曾经那张心型树荫的照片时，才发现心里再也不会起一丝波澜。

小伙伴们可能注意到了，这个故事里没有一个“爱”字，甚至连“喜欢”，都很模糊。那是因为，婧和大叔之间，从来都没有触及这个字眼，或许可以说，他们从来就没真正到过这里。

那些不被说出的爱，本身就是不存在的。婧也是过了很久很久，被很多年轻男孩子喜欢，自己再拒绝时，才发现，不仅仅是“爱”很难说出口，“不想要”也很难说出口。不想要一段长久的关系，不想给出承诺，不想交出自己的未来，等等，都是原因，也都是结果。但那一个个在黑暗里辗转反侧寤寐思服的夜晚，那一个个被怠慢的阶段，真的什么都没留下吗？

总是要经历那么些喘不过气的困境，才能被逼迫着去寻找所有可能的出口。

“如果有这么一次机会，你可以收回自己曾经全部的秘密和付出的真心，没有遇见他，没有听过那些歌，拥有过那些欢乐，不用背负任何无谓的等待，也因此错过了许多心动的瞬间和甜蜜的期待，换来的是没有受过任何人的伤害，你愿意吗？”

“我不愿意。”婧听到自己的心先一步答道。

借着岁月拉长想念

李文心18岁的时候遇见了22岁的俞家乐。李文心是个音乐发烧友，她喜欢收藏各种各样的磁带，后来是CD，再后来是下载无数的歌曲。她的口号是古今中外的好音乐一个也不能少，统统一网打尽。

人说没有无缘无故的爱，也没有无缘无故的恨，这话用在她的身上特别合适。小时候，她是小县城里出类拔萃的小百灵，各种大小比赛中从来少不了她的身影。父母为了培养她花了不少钱，因而她会弹钢琴也会拉小提琴。然而，每种乐器到了如今她都手生了。

她的父母从前都是县里文化馆的演员，所以给了她一副还算说得过去的好嗓子，也给了她一张精致的面庞。

她皮相好，走到哪儿都有人指着她说，哎呀，看这个小姑娘水灵的呀。

她享受这份夸赞，好似自己真是个公主。公主是不会失败的。

只有爱情才会让公主失败。爱情不分贵贱，管你是国王、王后还是公主、王子，统统一视同仁。

上了中学以后，她想继续学音乐，将来考音乐学院。她的父母坚决反对，理由是搞艺术这碗饭不是人人都能吃的，绝大多数人还没吃上饭就饿死了。

李文心气鼓鼓地说："我吃不上饭你们养活我呀。我就是喜欢音乐！"

她为此绝食两天，两天后她看见食物比音乐还亲，两眼放光。

她狼吞虎咽一番后，开始后悔自己没有忠诚于音乐。从此，她得出一个结论，关于生活，物质永远是第一位的，精神总是处于从属地位。

带着这样的精神内核，她18岁那年考上了北京的一所大学，学金融。

开学不久，她立刻发现自己对金融学一点兴趣也没有，物质原来填不饱肚子，总有一角要靠精神来填充。

她整天挂着耳机，走到哪里都要哼唱两句。学校打算搞个元旦晚会，她作为文艺新秀自然不放过这样的表现机会，正是在彩排的时候，她认识了当时已经大三的俞家乐。

俞家乐是中文系的，不爱说话，长得结结实实，完全不是李文心印象中的文艺男青年形象。她还做着少女时期的梦，怀着林黛玉一样的梦，以为文艺青年必是长衫飘逸，戴着圆圆的“五四”时期的眼镜，面上无须，白皙干净，温润如玉，斯文有礼。

可惜，俞家乐样样都跟她想的不一样，完全打翻她对文艺青年的认知。

他肤色略黑，鬓角和下巴上有些零散的胡子，他视力极好，完全不用戴眼镜。偶尔他戴眼镜也是墨镜，十块钱地摊货那种。

他不穿长衫，也不穿布鞋。他穿牛仔裤T恤衫，他的牛仔裤上经常破三两个洞，T恤衫上印着五角星或者切·格瓦拉的头像，有时是一两个字或者一句话。总之，在遇见他之前，她很少见过有人这样打扮。

她觉得钢琴是高贵的王子，小提琴是优雅的公主，而吉他是流浪汉的乐器。在她心中，乐器是有等级的。显然钢琴、小提琴之类的西洋乐器是处在金字塔尖供人膜拜的，而吉他无疑是底层乐器。

可是，俞家乐就是弹吉他的。

他平时不说话，只有抱起吉他的时候，才好像有一股气充盈在身体里，唱歌的时候他情绪饱满，常常唱得彩排的人流泪。

他是校园里的传奇人物，名副其实的歌神，不仅会唱会弹，还会自己写歌，词曲一手包办。

李文心听说暗恋他的人很多，可是他统统当作不知道。他身上最贵的物件就是那把吉他，那是他跟人到酒吧里跑场子赚钱买的。

他太穷了，他将所有的钱都用在了音乐上，没钱谈恋爱，他也将所有的时间都用在了创作上，没空谈恋爱。

李文心不能确定自己是在哪一刻爱上他的，也许是他在台上尽情演唱的时候，或者是他专注地看着别人表演的时候。

那一天，轮到她彩排的时候，他就在旁边盯着看。他一看她，她就觉得浑身紧张，生怕自己唱不好。可是越担心什么就越是来什么。

她唱的是莫文蔚的一首经典歌曲，《爱》。

她闭着眼睛唱了几句后，感觉十分满意，深情而感伤。但她睁开眼睛的一瞬间，瞥见了角落里的俞家乐。俞家乐皱眉眯眼，一副“你唱的什么破烂玩意儿”的感觉。

她心里又羞又气，在恼羞成怒中唱完了这首歌。

台下的人鼓掌表示称赞，俞家乐也站起来拍了拍手掌，但她知道他拍得有多敷衍。因为他嘲弄的嘴角和藐视的眼神出卖了他。

当晚彩排结束的时候，李文心见俞家乐往自行车棚那儿走，赶紧追了上去。

“嗨！你站住。”

俞家乐眉头一皱停了下来，“你有事啊？”

“你凭什么一副了不起的样子？你不就是文学院的俞家乐吗？我知道你！”

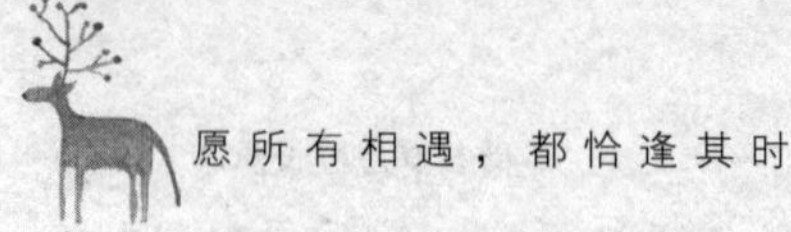

她一口气说了那么多，说完用直勾勾的眼神看着他。

俞家乐起先有些生气，后来见她圆溜溜的眼睛感到十分好笑，忍不住笑出来。

这一笑让李文心更加生气了。

“妹妹，你是不是特别爱生气呀？你这样子找不到男朋友的哦！唉，你是不是还没恋爱过呀？”

李文心恨不得将他大卸八块。

她气得快哭了，喊了句：“是呀，我是没有男朋友，可是我有没有男朋友关你屁事！”

俞家乐说：“哎，你别哭呀，我最怕女生哭了。我就是逗你玩的。”

他慌张地从牛仔裤的裤兜里摸出一张纸，皱皱巴巴的，有些不好意思地说：“你要是不嫌弃，就将就用吧。我保证，我没用过。真的。”

李文心见他这样忍不住破涕为笑。

俞家乐就更乐了。“你还真是个情绪化的女生，你这一哭一笑转变得也太快了。”

李文心有些不好意思，站在车棚外，“你觉得我哪里唱得不好？”

俞家乐推着自行车说：“真想知道？”

她点点头。

他说：“不过这也不能怪你，你又没恋爱过，自然唱不出那个味道。这么说吧，你这首歌唱得没有感情。”

李文心嘟着嘴巴不吭声，默默地跟在旁边。

“走吧，你住在哪一栋？我送你。”

李文心第一次坐在一个男生的自行车后，有些害羞。她害怕摔倒，好几次想要伸手抱住他的腰，但到最后她的双手也只是紧紧地抓住车后座。

冬天的夜晚，澄净寒凉，一阵风吹过来直往她的脖子里灌，她忍不住打了个喷嚏。俞家乐说别冻感冒了。她笑笑说不碍事。

来往的同学见到他送李文心觉得这是件稀奇事，表示从没见过他这样“热心”。他是桀骜不驯的，平时走起路来就差仰面朝天了，他谁都看不上，除了他自己。

当然，再骄傲的人也有自己的偶像。

他的偶像不是文学大师就是音乐大师，对李文心那个领域的大神们，诸如股神巴菲特、外星人马云等等，他统统不感兴趣。

他自称是一只特立独行的猪。他正好也是属猪的，还算合适。

此后俞家乐的单车后座上经常坐着李文心，所有人都以为他们在恋爱，只有李文心知道他们总是卡在那一步之遥上。

李文心不明白他们之间究竟少了点什么。

他们就在这种稀里糊涂的关系中度过了一年半。

一年半之后俞家乐毕业。所有人都忙着找工作的时候，他依然写歌弹吉他，偶尔也写诗，有零星的诗作发表。那些零星的羞于拿出手的稿酬都被他拿去买了音像制品，有时也会留一些给李文心买点小礼物。

他送她的礼物都是十块八块钱能买到的小玩意儿，诸如发夹、皮筋，但每次李文心都会欢天喜地立刻就用上。

我每每看见之后，总是忍不住问她一句，“你那么喜欢他，干吗不去表白？”

她嘟囔着嘴巴说：“现在这样不也挺好吗？跟情侣有什么区别？”

若能总是这样，倒也无妨。然而，人是会变的。事情也是会变的。沧海都能变桑田，何况是尘埃一样的我们？

李文心之所以不去表白，估计她是害怕被拒绝。她总觉得男女这档子事，还是应该男人主动。别看她平时疯起来挺像个疯子，事实上真要让她豁出去，她又没胆量。

在期待与失落之间，她整整过了一年多。

那一年，俞家乐答应李文心一起吃个散伙饭，然后再一起去火车站来个感天动地的送别。

然而，俞家乐食言了。他一个人悄悄地走了，背着吉他，还有简单的行李，走了。

他一个招呼都不打就这样走了。李文心知道的时候又气又急，哭得稀里哗啦。她想当面大骂他一句，然而更想要的却是给他一个深情的拥抱。

有好多话想要告诉他，可是她没有机会了。

她突然间生出些许恨意。

俞家乐毕业以后开始了四海为家的生涯，成为一名流浪歌手，到过许多酒吧，也到过许多城市。他在绿皮火车上辗转腾挪，变成了一个没出名的眼睛不瞎的周云蓬。

他一离开学校就像断了线的风筝，所有的联系方式全换了。这个人就像人间蒸发了一样。李文心有时回忆起那些单车上的笑声，草坪上的歌声，仿佛不像是真的。

又过了一年。

时间像个顽皮的小孩，完全不顾你的意愿，呼啦一下子就跑开了。

大三结束的时候，李文心辗转从一个中文系师兄那里打听到了他的状况：他最近有可能在凤凰，但是那个师兄也不能确定。

李文心如获至宝，凭着这一点可能性，她立刻买了一张到湖南吉首的火车票，在漫长的煎熬之后，她终于到了这个湘西小城。

然后她坐了一段汽车，来到了沈从文的故乡，凤凰。

她在虹桥附近的青旅里登记入住，然后开始马不停蹄地寻找，唯有如此才能忘却她那马不停蹄的忧伤。

她一家又一家酒吧问过去，有没有一个名叫俞家乐的男人在这边唱歌。她怕他取了别的名字，于是将他的籍贯和外貌等特征悉数告诉人家。但她得到的答案全是否定的。

七月的晚风吹在身上像甜腻腻湿答答的吻，有些许安慰还有些许惆怅。

快到虹桥附近的时候，她远远地听见似乎有人在弹琴唱歌，还有人在鼓掌欢呼。

她加快脚步围了过去，踮起脚尖往人群里钻。钻到一半的时候，她突然停了下来，因为她听见了久违的歌声，那是梦中的他常为她唱的歌。

她站在人群里，泪珠像溪流一样缓缓爬满她的脸庞。

一曲终了，众人鼓掌欢迎，喊着让他再来一个。人们三三两两上前去，往他的吉他盒子里丢下五元、十元。

她突然冲过去，在俞家乐还没来得及反应的时候，站在了话筒前。她说："各位，我从遥远的地方过来，我是他多年的粉丝。这个是我听他歌曲多年的一点心意。"

她一边说一边将崭新的一百块钱丢在了吉他盒里，然后接着说："今天我就是想让偶像为我弹一首莫文蔚的《爱》，他弹，我唱，如何？"

她一口气说完这些，完全不去看一旁呆立的俞家乐。

围观的人群发出一阵阵欢呼，甚至有人吹起了口哨。

俞家乐望了她一眼，然后弹起了《爱》。

你还记得吗？

记忆的炎夏，

散落在风中的已蒸发，

喧哗的都已沙哑。

没结果的花，

未完成的牵挂。

我们学会许多说法，

来掩饰不碰的伤疤，

因为我会想起你，

我害怕面对自己，

我的意志总被寂寞吞噬。

因为你总会提醒，

过去总不会过去，

有种真爱不是我的……”

这首歌只唱了一半，因为她早已泣不成声。

他简单收拾收拾东西跟着李文心一起往虹桥旁的青旅走。

一路上两个人谁也不说话，直到关上房门，李文心才冷笑着说：“大歌星，今天我的《爱》又唱砸了。”

俞家乐叹了一口气，然后故作轻松地说：“你今天唱得不错，声情并茂，比大一时候唱得好。是不是这两年谈恋爱了？”

他说完就后悔了，因为李文心的眼泪像决堤的海水一样汹涌，她是把这两年来的委屈全部倾泻在他面前。

俞家乐伸出手为她擦了眼泪，然后轻轻地将她拥入怀里。

她哭得更凶了。

“对不起。”

“你有什么好对不起的？”

然后，两个人陷入深深的沉默里。

“文心，你是个好女孩，我不值得你这样。”

“能不能换个说法？你不是诗人吗？你怎么不用文艺一点的方式表达你不爱一个人？”

“我不是这个意思。”

“那你是什么意思？”

然后，两个人再次陷入深深的沉默里。

“你为什么不喜欢我？到底我哪里让你讨厌了？”

“我没说过我不喜欢你呀——我怎么会讨厌你呢？”

“那你就说一句你喜欢我。”

俞家乐低着头专注地看着地面有好几秒钟，然后他抬起头猛然间抱住她狠狠地亲吻，咬得她的嘴唇出血才停住。

“你要的答案全在这里。”

“忘了我吧。我不是一个好情人，更不会成为好丈夫，但我会成为一个好歌手，一个好诗人。”

俞家乐自认是个不习惯过稳定生活的男人，他喜欢自由胜过喜欢爱情。

有时离开就是爱。

他像一阵风吹过来，入了她的眼，但风里带了沙，惹得她疼痛难忍。

然后她哭着流泪，沙子无声滚落，就像他们那不曾言说过的爱情一样。

有些爱，还没开始就已结束。

有些爱，因为结束才慢慢开始，用悲剧的形象在对方心中上演，借着岁月的力量拉长想念的背影。

假如，幸福是一条跑道

我回不到过去的老时光，就像撕不掉脸上令人厌憎的苍老，擦不掉心里的忧伤。

但是，如果让我看见青春时候的见证人，比如那些所谓早恋却修成正果，且一直在高调示爱的人，我就会觉得好过很多。

陈鸣湘和陆云翔曾经就是我过去美好时光的见证人。

但他俩不是早恋，且从不秀恩爱，以至于有一天陈鸣湘冷不丁告诉我说陆云翔结婚了，新娘不是她的时候，我的嘴巴半天没合上。

陈鸣湘是我大学同宿舍的好友，湘妹子，只负责专情绝不多情。她高矮胖瘦全然适中，曹植《洛神赋》里有形容洛神美貌的文字，“秾纤得衷，修短合度”，第一眼看见陈鸣湘的时候，我觉得找到了洛神。

宿舍里起初南北有别，拉帮结派，颇有政治团体自立山头占山为王的意思。

我跟陈鸣湘自然是南派的，她带着我吃遍各大食堂，用她买的老干妈跟饭和在一起让我吃，我辣得直呼气，她笑得前仰后合。

我们俩有一阵颇有江湖儿女风范，形影不离惺惺相惜。

跟所有自吹自擂自以为是的美女不同，陈鸣湘同学的美貌是经过实践检验的。

检验这个真理的是一群良莠不齐的男生。

陈鸣湘走在校园路上被人各种偶遇的事情多了以后，我们更加笃定这姑娘的美貌不容置疑。

在众多拦截陈鸣湘去路的人中，有一个颇有死缠烂打的恒心，这个人就是陆云翔。

他在教学楼跟她“偶遇”，在自习室跟她“撞见”，在开水房与她“相逢”，在图书馆和她“巧遇”，如此这般之后，陈鸣湘身边的其他追求者渐次消失，最后只留陆云翔一人。

自从陈鸣湘谈了恋爱以后，她每晚的必做功课之一是守在电话机旁等待陆云翔的召唤。煲电话粥这种“人神共愤”的事情现在的学生们已经很难再体验了；然而，没有经历过一个宿舍一部电话机时代的同学，不足以语友情。

她恋爱之后，我明显成为一只孤雁，自此我滑向了北派同学温暖的怀抱，做了南派可耻的叛徒。

而导致我们南派分崩离析并最终促成南北交融局面的罪魁祸首，绝对不是别人，正是陆云翔。为此，我在心里咒骂过他不下一百零八遍。

后来看在陈鸣湘的面子上，我停止了对他的腹诽。

他们的感情在外人看来固若金汤，三年下来双方从未传过任何绯闻。我天天都在盘算何时才能吃到他们的喜糖。我甚至跟陈鸣湘约好当她结婚时候的伴娘。

陆云翔比陈鸣湘高一级，算起来是我们师兄，但我们从未把他当过师兄。

陆云翔毕业的时候，他对着他们班同学高歌一曲吕方的《朋友别哭》，结果让一大片男男女女哭湿了衣服。

我说：“陈鸣湘，你家那口子用心险恶呀。”

她嘿嘿一笑，然后眼里一丝忧伤飘过，一双俏丽的眼睛通红。

陆云翔回西安工作去了，他考入西安市政府某部门给领导当秘

书。领导还有个跟陆云翔差不多大的女儿。我说：“陈鸣湘你要小心呀，你们家老陆姿色还是可以的。”

她压根不当一回事，她说就他那怂样也就只有她喜欢了。

陆云翔一走，过去那帮拦路虎们又蠢蠢欲动了，开始电话寻找、校园偶遇、宿舍楼守望，但陈鸣湘我行我素，好似这些人不存在。

有人送过来漂亮的花束，她拿回来朝垃圾桶那儿一扔。我说：“你这人怎能这样没有公德心呢？你一人吃撑了，也得要照顾照顾我们这些没人光顾的人。”

然后我把那束花捡起来，养在一个瓶子里，整整活了十来天。

毕业那年，我对陈鸣湘说：“你傻呀，还不赶紧跑西安去，等别人把他撬走了，你就后悔了。”

她不信。她一直觉得陆云翔是天底下最可靠的男人。

她被保研了，继续留在学校读了三年。

这三年，他们依然你侬我侬，眉来眼去，好得没话说。

很多人都以为他们终有一天会在一起，从此过上幸福的生活，像童话里的结局一样。

陈鸣湘读了硕士还不死心，继续读了博士。

我说：“真搞不明白，怎么会有你这样的人？家世好、样貌好，偏偏学习还那么好，这还不算，还有陆云翔那样的有为青年死心塌地地爱着，你这个人妖！”

陈鸣湘博士毕业那年，陆云翔结婚了，对象是领导的女儿。

她抱着我哭了好久好久，说：“你说怎么会有我这样的傻瓜？我居然那么信任他！他其实跟那女的谈了好几年了！他瞒了我好几年！他怎么能这样呢？不喜欢我就说嘛，为什么要欺骗我呢？你知道我最讨厌人家欺骗我！我到西安好几次，竟然没发觉一点蛛

丝马迹，你说我还是个心理学博士！多讽刺啊，我连自己爱了九年的男人心理都不懂！我就是个废物！读了那么多年的书，全是白费……”

我结婚时候，陈鸣湘来参加婚礼。我故意把花束甩给她。

又过了两年，她来深圳看我，还是单身。

那么多年，她只谈过那一场旷日持久的恋爱。

我问她：“你怎么不找个伴儿？”

她说：“一个人也挺好的，已经习惯了，跟陆云翔那场恋爱把我的热情全耗光了，现在就剩下一团死灰了。”

我说：“不就是个男人嘛？你就把他当作一双破鞋，扔了他，重新挑一双舒服的。”

陈鸣湘说：“我赤脚太久了，已经不习惯穿鞋子了。穿鞋子哪有赤脚自由舒服？如果幸福是一条人人争抢的跑道，那么我这辈子注定一个人走了。”

因为是你，晚一点没关系

黄小姐曾经差点成为那个“满怀恶意”的人。她长得瘦瘦高高的，皮肤略黑，眼睛明艳动人，时常穿着拖拖拉拉文艺范的衣服，披散着那头不屑一顾的长发。

她名校硕士毕业，浑身上下常带着不明所以的自信和傲娇。

我第一次见她的时候是在四川。当时我替一家广告公司拍片子，黄小姐算是我们的客户。她是典型的白羊座女生，为人坦率热诚，精力充沛，说话直接，很少拐弯。自然，她也像所有典型的白羊座人一样，神经大条。

那时她在一家央企工作。在成都，晚上我跟她住在一个房间。我看着她凌乱的长发，忍不住说了这样一句话："你这个头发挺拉风的呀。你们领导没意见呀？"

她以一副满不在乎的口吻答："有呀。让我扎起来或者剪掉。"

我说："那你如何反应？"

"我当他们都是放屁！老娘爱怎样就怎样，你上管天下管地，中间还要管空气。就差拉屎放屁不管了！"

我听了直接被震倒。想不到一个20多岁的女孩子原来可以这样火爆，这样不按常理出牌。她与我印象中的央企员工相去甚远。

但不知为何，那几天我跟她成了十分好的朋友。

我想，大约她的真性情很符合我的交友口味。

提及口味，她一直是个重口味，别看她平时写文章好似蛮小清新的，天天逛豆瓣。但是她说自己是个怪咖，喜欢各种奇奇怪怪的事物，包括奇奇怪怪的人。她自称没节操，或者节操底线碎一地，开口闭口老娘，满脑子女权思想，但是你千万不能以为她是个喜欢爆粗口的小太妹。事实上，她比谁都文艺。

她逛书店，喝咖啡，爱美食，爱美男，爱美景，跟任何寻常白领没有区别。如果硬要说她有什么不同的话，应该是她从来不怕改变，这种改变包括换工作、换男人、换地方。

我认识黄小姐的时候，她有个相处多年的男朋友。他们从大二开始在一起，一直到她研究生毕业，然后黄小姐追随他一路来深圳就业。

她男朋友我没有见过。他的父母一直希望他能回老家工作，黄小姐死活不肯。于是两人之间发生了有史以来最激烈的争吵，她男

友认为你既然爱我，在哪里不是一样？女人不就应该跟着男人浪迹天涯吗？

黄小姐不这样认为。她眼高手也不低，她说："深圳也是广东一个城市，到你老家才几百里路，你一个大男人都嫌远？那我这个女人呢？我的老家距离这里是几千里！"

两个人互不相让。黄小姐气得咳嗽不停。她原本就有秋冬爱咳嗽的毛病，到了岭南她咳嗽得更厉害了。

她要去医院检查，他不肯陪同。她一下子寒凉到底。

那段时间黄小姐跑遍了深圳、广州最好的医院，好几家怀疑她得了肺癌。她的情绪一下子低落到谷底。

也就是在那段时间，她爱了多年的男人不告而别，回到老家去尽所谓的孝道。

她孤零零一个人在陌生的城市里工作，检查，等待检查结果，等待下一场生机勃勃的相逢。

检查结果出来了，但是出来了跟没出来也差不多。医生说："你的肺部确实有个小东西，但是实在太小我们无法确认，除非你肯接受手术，我们从你的肺部提取一块组织然后再确认你是否患了严重的肺病。"

黄小姐听了以后浑身发冷，她才26岁呀，命运多么不公平，她还那么年轻，崭新的人生才刚开始，难道上帝就要收回它仁慈的恩赐？

她一个人躲在角落里哭了很久。

医生问她做不做手术，手术自然是有很大风险的。

她无法抉择，然后在左右摇摆中她遇见了男神王培。

王培有一切男神应该具备的条件，香港中文大学硕士毕业，在投资银行工作，外形健康俊朗，没有不良爱好，唯一的爱好是旅行——哦，忘了，还有潜水。

黄小姐将自己所有的遭遇和心情全盘转交给了王培，一个人承担这样巨大的压力实在太难了。

那阵子，我们见过好几次，我发现我们的谈话内容变了，从只谈病情以及生命、人生之类的宏大主题，变成只谈饮食男女人之大欲。这个转变立刻让我嗅到了什么。

黄小姐坦率地承认，她爱上了王培。

然后她开始讲述相处细节，以及各种恋爱初期的暧昧、感动、美好。

她送他书、水杯，他送她盆栽植物。

我很开心，在人生最低谷的时候有人能够带给她希望与关怀。这种关怀是我这样的同性朋友给不了的。张爱玲曾经说过这样的话：同性可以了解，但异性却可以安慰。

我以为是至语。

因为王培，黄小姐早已将前男友忘得一干二净。他们像猫鼠一样，捉了好一阵子迷藏。那段时间她经常找人倾诉，倾诉的内容无不是他到底对我有没有意思。

他这样关心她，究竟是出于绅士的品质还是出于男女之情？每天她要为此死无数脑细胞。她哪天心情好的时候，就会讲王培的种种细腻体贴，于是便可以毫不费力地推导出他对她有意思。假如某一天男神对她不那么热情，她就会说些他对她如何不在乎爱理不理的话，于是我这墙头草就倒向了另一边，义正词严地提醒她，这是男人惯用的伎俩，他只想跟你搞暧昧，不想跟你做男女朋友。

我觉得这样说还不够到位，然后还煞有介事地告诉她如今社会上流行的男人“四不主义”。她十分好奇，问我是哪四不主义。我说是不主动、不拒绝、不负责、不承认。

她叹为观止，然后开始用高冷的态度面对王培。可是，用不了两日，她又是一副可怜兮兮的样子，或者兴高采烈的样子。她的心情已经完全被男神掌控。

我无法告诉黄小姐，将自己全部精力奉献给另一个人的时候，喜怒哀乐难免要被对方所裁定。

那样卑微而热烈地爱着一个人，连张爱玲都干过这样的事情，普通青年又怎么能逃得过情关？

但是爱情这个天平，一旦有一方付出太多，难免会失衡。她开始慢慢地抱怨，抱怨自己这是何苦呢。

又过了半年，她说她要跳槽了。我说："好好的大企业不要，你要去哪儿？"

她说："要做记者，还要去旅行。"

我说："你受什么刺激了？"

原来男神跟她摊牌了。他觉得黄小姐适合更好的男人来爱，她应当绽放得更加璀璨——多么熟悉而老套的台词，听到这里我原谅了电视剧编剧的偷懒，原来生活中绝大多数人拒绝别人都是这样委婉而艺术。

男神说缘分还未到，温度还不够。

黄小姐一怒删掉大半年来他们所有的对话，包括微信、手机号码自然不在话下。

她出离愤怒，喜欢就喜欢，不喜欢就不喜欢，哪有那么多的借口？当初不喜欢的话为何又要搞暧昧？

对直来直去的白羊座女孩来讲，没什么比隐晦更让她讨厌的了。

"失恋"以后，她给自己写了封长长的情书。她听着情歌，写着令自己泪流满面的文字。

她开始满世界跑。只要有空闲时间，只要手里有点余钱她就要行走。她用旅行的方式治愈了二十七年来所受到的种种伤害，无论是来自男人还是来自这个“充满恶意的世界”。

大自然带给她全新的生命，她的咳嗽甚至不治而愈。

她说估计那都是城市病，走近河流和山川，马上痊愈。

她给自己写了数不清的情书，用极其热诚的爱慕，她每走到一个地方就到当地的邮局给自己投递明信片或者情书。

然后，在下一站或者她回深圳的时候，她就会收到来自远方的情书。

她被自己的诚意所打动，她一个人坐在月光充溢的房间读着自己的来信。

她说没有人爱我，至少我可以自己爱自己。

不知从什么时候开始，父母开始催促她找对象结婚。她被逼着参加一场又一场的相亲。

后来她为了躲避亲友的各种逼问，开始经年累月不回家。每到春节的时候，别人忙着订机票回老家，她忙着规划出国路线。

黄小姐在一场又一场说走就走的旅行中，忘记了曾经那个自卑与骄傲混合的女人。她变得自信而从容，开始尝试过一种即使只有一个人也能开心的生活。

有一次，她准备了一个月的采访，比别人费心费力，然而因题材敏感，未必能刊载。她有些心灰意冷，给我打电话吐槽。

我安慰她说：“有理想有情怀的人总是这样，总是要比别人走更多的路，因为实现理想的道路没有捷径。无论是爱情还是人生，期望得到最为美好的一部分，就要忍受最为痛苦的煎熬与等待。”

正是那些茫然无措的日子成就了明天的我们。

美好的东西，从来不会轻易就被我们得到，它耗尽我们的心力，耗尽我们的耐心，然后挑选它喜欢的幸运儿给予恩赐。

但，为了自己可能成功的概率，别无选择，还是要心怀期待，慢慢忍耐。

关于爱情，关于生活，向来如此。

后来时间都与你有关

大学同学中有一对活宝。

男的姑且叫他明，女的叫红吧。

明出生在河北，后来在天津长大，长得白白净净，但外形上绝对颠覆了燕赵义士的固有形象。

他中等个头，人很斯文，说话细声细气，有些女气；走起路来板板正正悄无声息，头发从来都是一丝不苟的模样。

他的衣服永远熨帖，他喜欢读书和养生，讨厌一切男生喜欢的东西，诸如打牌、打游戏、打架、打球——换句话说，他厌憎一切代表雄性力量的东西。

明行走在校园里的时候，是一道不可多得的风景。他扭扭捏捏，肩上背着一个书包，手里拎着一个巨大的水杯，杯子里永远泡着菊花、枸杞、大枣之类的东西，有很多中药别人都不认识。

据说，他的祖上是宫廷御医。孙先生革命后，他们家也跟着失势，从只为少数人服务的御医变成为更少数人服务的医生——他们家从不出诊，各种养生药方变成了为小家庭服务的家传秘方。

明的皮肤因此那叫一个好，好到吹弹可破。古诗里形容美人

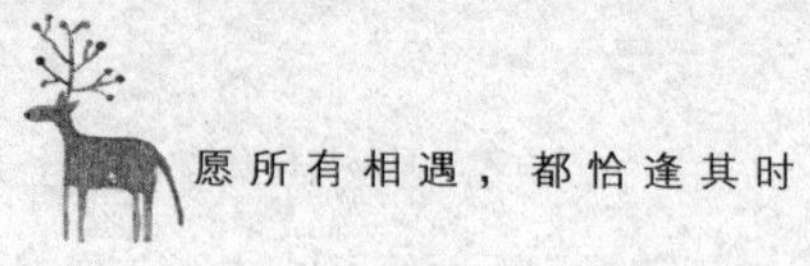

“肤若凝脂”，我没见过，但我总觉得那皮肤至少要赶得上明才能算好。

他一天要喝掉八杯水，这是祖传习惯。

我听了就问，“你看过《红楼梦》吗？”他摇摇头不明所以，以为我要笑话他，于是开口说：“我们这些工科生从来不爱读那些酸不拉几的书。”

我笑笑对他说：“《红楼梦》里贾宝玉说女儿家是水做的，你那么喜欢喝水也没见你谈个恋爱什么的。”

他脸皮薄，经不住这样开玩笑，早就红到了脖子根。

然后我趁热打铁地说：“听说你们班红对你挺有意思啊。”

他禁不住啊了一声。

这也难怪，红与明像泾渭分明的两股水，没有交集的平行线。

所有人都觉得明要是能看上红，太阳都能从西边出来，自然，同学们对红所谓追明的流言感到莫名其妙。

就像黑与白，怎能在一起？

红是东北姑娘，样样都很东北。她有高挑的身材，直爽的个性，赛过男人的酒量，因此不少人叫她“男人婆”，换成今天的话应该叫女汉子。然而，红对这些所谓名号一点也不计较，她为人豁达洒脱，与明的忸怩恰好相反。

他们像背道而驰的两匹马——明还是匹瘦马，不堪一击的样子，红像健壮的高头大马。

没人理解红为何会看上明，但显然红对此有自己的理解。她说看见他被人欺负的样子就心疼，恨不得自己挺身而出替他挨几下。

有时明经过红的身边时，红甚至会不好意思地脸红。她常常有意无意跟他进同一间食堂吃饭，又恰巧坐在距离他不远的地方。

她原本吃饭狼吞虎咽风卷残云，然而只要她跟明在同一间饭堂吃饭，她就吃得比较斯文，慢且文雅，像明一样。她知道明根本没有注意到她，但她还是忍不住改变自己吃饭的方式，这就好比一个习惯穿牛仔裤的女孩子，有一天她突然穿上了旗袍站在灯火辉煌的街头，没人关注她走起路来也必定一款一摆一样。

豪放的红在遇见文质彬彬的明时，明的一举一动就像给她套了件修饰身材的淑女装一样。

红对明处处在意，时时紧张，但明对她就没有这份心思了。

他们就这样不咸不淡过了两年多，直到大四快要毕业的时候，明他们班同学聚会。

班里一众男生围着明，非要逼着他喝酒，声称同学四年竟然没见过他饮酒，这太不像话了，比没见到他近女色还要让人气愤。

明还打算像过去一样找点借口搪塞过去，可是根本躲避不过。明被灌了一杯啤酒，马上脸变得像一块红布一样。

有人明知故问地说：“红，你为什么签天津的工作呀？为什么你要跑到天津那个大农村呀？明又不在天津。”

明留在北京了。

“谁说天津是个大农村？我就是喜欢天津！”她说着这样的话，趁着喝了点酒，趁着屋子里的灯光不算太亮，仔仔细细地正眼看了明一眼。

这一望碰巧遇见明正红着脸望着她。两个人迅速避开了对方的眼神，太赤裸，从未有过的戏剧性，像沉默的哑剧，一瞬间有种奇妙的感觉出现，上演了一场只有他们俩的戏。

有个跟红要好的女同学大着嗓门问：“明，眼看着要散伙了，你给个痛快话，你为何不喜欢我们家红？她哪里不好了？哪里配不上你？”

明被问得急了，说了句：“我没说过我不喜欢她呀。”

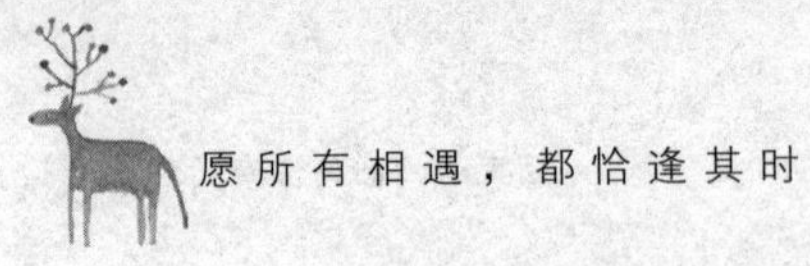

一群同学马上像炸开锅一样，要他们喝“交杯酒”。第一次，红被人推到明面前，两个人面面相觑不知如何是好。

红洒脱地拿起酒杯说：“你们不要为难他了，我代他喝了这杯酒行不行？”

红脖子一扬，痛快地喝完一大杯酒。明在旁边张了张嘴巴，想说些什么最终还是沉默地看着她。同学还是不依不饶。红不用别人斟酒，自斟自饮，接连喝了八大杯啤酒！

她喝出了眼泪，眼泪和着酒一起下肚，她从来没有喝过这样酣畅淋漓的酒，好似她这几年的人生全在酒里了。

她一滴也舍不得丢。

等她喝完第八杯酒的时候，明站起身来说：“别喝了，喝多了对身体不好。我跟你一起喝最后一杯。”他搂着她的肩膀一饮而尽。

明和红在一起了，在距离毕业还有两个月的时候。所有人都不看好他们，以为他们这“黄昏恋”来得有些牵强。更有人说明是被红感动了才答应她的，毕竟他们大学几年都没恋爱过，算是彼此给对方上一堂爱情的学习课。

他们丝毫不受这些影响，他们爱得比任何人都热烈，像是为了弥补错过的几年光阴。

两个月后，红去了明的家乡天津。

此后，红经常坐火车到北京看明。

又过了几年，红嫁给了明，红了换工作，跟明一样在首都打拼。

曾经，我们以为的平行线，不知何时，上帝之手一转，变成了一个圆。

多好！

互相陪伴，也需要互相告别

汤圆和晶晶是在一个群里认识的。汤圆比晶晶小一岁，还在念大学。汤圆除了专业成绩不错，实在没什么出彩的，样貌一般，也不招女孩子喜欢。

彼时晶晶已经于名牌大学毕业，在西南一所当地很有名气的中学当物理老师，她天资较一般女孩聪颖，数学玩得出神入化，加上生性开朗，圈子里尽是当时的汤圆想都想不到的精英。

当时他们还在一个官方群里，因为相同兴趣走到一起的一群人，后期却因为各种利益分成了彻底的两派，群内一时乌烟瘴气。

由于聪慧和大姐大的范儿，晶晶在群里有不少追随者，在一次前所未有的剧烈争吵后，晶晶愤而带领一帮资深“元老”退了群。过了几天，汤圆找到晶晶，给她一个群号，说：“有空过来聊聊吧。”

晶晶和汤圆并不熟，但碍情面又一时无聊也就加了。等她进群一看，除了汤圆，群里全是曾经在官方群里和她要好的“元老”。

被簇拥如明星般的感觉让晶晶又意外又倍觉温暖。她不知道，为凑齐那么多人，原本在官方群默默无闻的汤圆是怎样费尽心思口舌，甚至去找和晶晶吵过架的人问联系方式，还遭到不少白眼。

那时的晶晶对于汤圆来说，就是一个女神一样的存在。

他小心翼翼地照着她擅长的方向找话题和她说话。为了引起她的关注，汤圆和她比着赛解物理题，加入她的圈子，和她的那些“精英”朋友聊物理、聊数学、聊经济，并且私底下恶补各种超出

他专业能力的学科知识。他敏感又自尊的心里，希望有一天自己能与她相衬。

年轻的时候，我们仿佛总是有无限精力，去让仰视的人低头哪怕看自己一眼。慢慢地，晶晶开始会和汤圆说工作上的烦心事，和异地男友闹的别扭。汤圆总是安静地听她说完、等她消气，然后给她讲笑话。那一阵汤圆挂在QQ上的签名是：我想把所有的开心都移植到你的心里，你的记忆里。

晶晶的性格其实有点小高傲，也许是因为她一直比身边的人更出色一些，她大多数朋友都来自各地结交的同好，身边同龄的朋友倒是很少，可谈心事的更少。

女人大概总是需要一个年龄见解差不多又耐心的男人来给自己的生活提点意见，因此，慢慢地，晶晶越来越依赖汤圆。

有时我们以为，只需要被这一个人看到就够了，只需要被看一眼。但现实中，一眼万年之后，我们会想要更多。汤圆提出见面，晶晶拒绝，并拉黑了他。

他想：以前没我，现在没我，将来，也不一定有我吧。被这种徒自黯然的情绪影响着，他想，要不，就到这里吧。

汤圆在这种情绪里待了整整一个星期。刚开始，他抗拒式地把与晶晶有关的东西都丢弃一边后，顿时觉得轻松很多，他想，也许那些让人无所适从的、沉重的、辨不清方向的东西，本来就是不该得到的。但是这样自我安慰没过几天，想念和回忆便开始铺天盖地席卷而来，他才发现，在那些夜以继日的陪伴中，他早已深陷其中。

他用最快的速度登录QQ，重新加晶晶为好友，等不及她验证通过，又迅速打开网页订了一张三天后去K城（晶晶所在城市）的机票。

订完机票后，他心潮澎湃，像是要完成什么壮举，他激动地给晶晶发了一条短信，只有四个字：我去找你。晶晶很快回了条更简短的：他来了。汤圆拿着手机一下就僵掉了。

“他”是晶晶的前男友，劈腿令晶晶伤透心毅然决然提出分手。汤圆还曾称赞晶晶说难得见一个女孩在分手这件事上不拖泥带水。但是现在，“他”回来了，汤圆拿不准晶晶会如何对待，他打她电话，她接起只简单说了几句，然后说我稍后再跟你说，就挂了。汤圆懊悔自己上个星期的犹豫不决导致别的男人捷足先登。

对，就是这种一脚踏空的感觉。

在这个时候，全国开始蔓延禽流感，短短几天，汤圆所在的Z城出现了三名疑似病例，学校开始封校，暂停上课，大规模的恐慌反而给在校的学生带来了末日般的自由感。

汤圆困在学校里躁动又不安，也联系不上晶晶，索性再次订了去K城的机票，时间是一个月后。

他想，万一到时候禽流感疫情还在持续，我死也要死在她的城市。

大概年轻时候的爱情，当事人总是以为轰轰烈烈甚至以死相证才能以此表征。订完机票后汤圆反而冷静了下来，春末夏初的五月，地处北方的Z城下起了零星小雨，纷纷扰扰像是愁绪又像是信号不好的电话那一头传来的哽咽。

这个时候的汤圆已经是大三下学期近结束的准毕业生了。一年多来他像打了鸡血似的拿了国家奖学金，考了各种各样的证书，不再沉迷游戏，在学校辩论赛、学院晚会上大出风头，班里的女生突然发现这个入学以来一直不出众的男生拾掇起来还真挺耐看的。学校里的学妹们也开始打听这个之前从来没听说过的学长。

汤圆偶尔也会和这些女生调情打趣，但是他从来没有想过除了晶晶再去追求什么女生。

他想起自己第一次和晶晶提出想要见面的时候说：“谁会怕呢，让我单身一阵子和单身一辈子都不是最可怕的，最可怕的是一直没人让我真正爱过。春天是短暂的，但是更短暂的是青春和感情，我只想和你在一起。”

后来的情形没有意外的惊喜，晶晶不愿见他，他一开始住在晶晶宿舍附近的宾馆，后来住不起了，就搬到学校附近六十元一天的出租房。

他不知道晶晶什么时候才能处理好自己的事情，也不知道晶晶哪天才愿意见他，无望的孤独一天深似一天，他不再待在屋里，每天都在外面逛到月光如泻实在困得不行才回去睡觉。

在K城的第十五天，汤圆逛到近一点才回来，却被门口一个黑乎乎的人影吓了一大跳。

那个人的四叶草手链晃了晃汤圆的眼睛，他蹲下来问：“晶晶？”女孩没有回答，伸手抱住了他，他这时才发现她满脸的泪水。汤圆不再追问，把晶晶扶进了房里。

对于那个夜晚的回忆，汤圆说他分不清黑暗里闪闪发亮的是自己的汗还是晶晶的泪，断断续续的是呻吟还是哽咽。他仿佛看见潮水漫过肌肤又退下去，听见风夹着潮头一遍一遍拍打石头。

第二天，阳光透过薄质窗帘直射眼睛的时候汤圆才醒过来，晶晶已经不在了，他揉揉发麻的胳膊，看见枕头上有两根长长的栗色的头发。

汤圆回到Z城后，把准备考研的书都收进了箱子，开始做简历，关注K城的所有招聘。他给晶晶写了一封长信，末尾说：以前我仰慕你，我不想让你觉得我无知幼稚，我付出的所有努力只是为了表现自己。现在我明白了，爱不是我告诉你我忍不住，控制不

住，而是我真心实意地想对你好，我愿意对你负责。

汤圆几乎每天都给晶晶留言，晶晶倒是没有消失，经常会在群里和大家说话，但是对汤圆总是很冷淡。

终于有一天，晶晶给汤圆发了一句私聊：“作为你的一个朋友，我发自肺腑地跟你讲别做这些无聊的事。”

脾气一向极好的汤圆在那句话面前几乎恼羞成怒：我算知道里面有多少层意思了，第一，我仅仅只是你的一个朋友；第二，“我发自肺腑”意思是“我真烦你，我不想说第二遍”；第三，“别做这些无聊的事”，现在的我做的任何事对你来说都是无意义的，你就是把我当一个性伴侣而已。

但仅仅愤怒了一会儿，更大的委屈和失落铺天盖地而来，汤圆终于哭了出来。在K城形单影只的落寞，每天醒来和梦里都甩不掉的同一份思念，想要对对方负责而不顾家里反对做出的决定，因为一个人想让自己变得更强大的努力，百味杂陈无人可道。有什么办法呢，总有东西不是以付出多少来论成果的，爱情尤为如此。

就像是在河边钓鱼，他买来上好的鱼饵，小心翼翼地等待，不仅没有鱼儿上钩，甚至水面平静得根本没有鱼来碰他的诱饵，他不知道是哪出了错。

他找来世界上最好的鱼饵，一次一次地更换，总觉得再下一种一定可行。他说，他不能很坦然地将其视之为沉没成本，无论是经济还是爱情。

汤圆报了GRE班，没课的时候要么埋头图书馆写论文，要么做简历去应聘，花新的心思和不同的女孩搭讪，用各种事情来中断妄想和寻找归属感。

他睡觉时还是习惯把手机开着放在枕边，但半夜不再迷迷糊糊去找手机看是否需要及时表忠心。接踵而至的各色人马和日程安排，让他觉得安心。生活好像从这里开始才走上正轨。

但梦境是无法欺骗人的。

他无数次梦见翠湖的红嘴鸥，梦见在西南联大旧址看碑文，梦见仲夏的夜晚湿漉漉的脸，梦见隐隐约约的窗外的云。

每个梦的最后他都轻轻地抚摸那记忆里的月牙脸，对她说：“我知道明天又是一无所有地醒来，但是梦里我也要拉紧你的手，一夜好短，我只想抚平你的无助和泪痕。”

再次踏上K城已是他签了当地一家大型国企之后。汤圆曾在看到offer的一瞬在错愕和惊醒中问自己：真的要去K城了吗？然而他也仅仅只是考虑了三天。事实证明，他还是思虑过多了，因为还没等他报到，晶晶已经迅速地把自己嫁出去了。

男方是英籍华裔，就叫他J吧，他是在中国旅游时认识晶晶的，俩人一拍即合，认识不到一个月就闪婚了，他们商量好先在中国住一段时间，等晶晶签证下来就随J到英国生活。

汤圆知道这个消息后反而很平静，婚礼那天他忙于办入职手续没有到场，还托人送去了红包。

晶晶在查点时看到汤圆送来的红包正面是客客气气的简单祝福，背面用圆珠笔画了两个交错的环，像是两枚叠在一起的戒指。

汤圆和晶晶之间的距离随着晶晶结婚仿佛消失了，他们聊天，没人再提起从前，晶晶不再和汤圆讨论物理和数学，只是偶尔说说婚后的琐碎事；汤圆也不再像以前那样努力迎合或者费力安慰，大多数情况下他只是安静地听着，完了说句，不早了，休息吧。

在晶晶办好签证准备出国的前夕，晶晶的妈妈出了车祸，万幸的是抢救过来了，不幸的是因为剧烈撞击她妈妈的脑部受伤严重被诊断为精神障碍重度痴呆。

晶晶听到这个结果哭昏了过去，醒来第一件事就是跟J说：

“对不起我暂时不能跟你一起去英国了，我妈妈需要我的照顾，等她恢复我再去找你。”J同意了。

护理这样的病人有多艰辛大概只有当事人才了解，晶晶早已辞掉学校的工作，每天在家里照顾妈妈。汤圆去看望过她妈妈，并且时常在空闲的时候过去搭把手。后来，随着汤圆的工作越来越出色，半年不到他就破例转正了。工作越来越忙，他渐渐就很少去晶晶家了，只是在晶晶诉苦的时候轻声安慰两句又投入工作。

有一天晚上，汤圆正在公司加班，晶晶突然打电话来，第一句话就是，“我太累了，我大概等不到去英国了，我想离婚。”

汤圆愣了几秒：“他不等你了吗？”“他说愿意等我，只是建议我最好把我妈送去疗养院，他可以省吃俭用供我妈接受最好的护理。”“挺好的呀，你们老分居也不是个事。”

“那是我妈妈啊。我怎么可能抛下她自私地去过自己的生活。”晶晶伤神地说完这句，正当汤圆不知如何接话时，晶晶幽幽地说了一句话，汤圆才是真的愣住了。

晶晶问：“如果我离婚了，你还会要我吗？”汤圆半晌才开口说道：“如果你当初选择的是我，也许你今天就不会那么辛苦了。”

不等晶晶回话，他接着说：“但也只是如果罢了，好好珍惜现在的他吧。”

挂了电话之后，汤圆看向窗外天空上淡淡的云，和他当年还是学生的时候来K城看到的一样，但是此刻他的心却是像卸下一直以来最沉重的心事一样轻松。他知道，为一个女孩耗尽心力的那段时光，真的已经过去了。

晶晶并不知道，当一个男人对一个女人再也没有当初悸动的爱情的时候，还愿意把她留在生活里，可以聊天，可以安慰，这并不是他想要再次成全某段爱情。

去期待一个男人剖开内心给你看内心戏，或者牺牲他现有的生活来配合你长久的独角戏，都是非常奢侈的事情。

不管爱是一眼瞬间的事，还是“两双眼看一个未来”，在成长过程中，我们最需要承担的是来自自己的孤单，和兵临城下一个人战斗的时候我们如何处理自己的欲望，读懂自己的内心。

汤圆后来把他们的聊天截图给我看，晶晶在一次聊天中指责他现在玩世不恭；而他对她说，我这一辈子所有的勇气都用在你身上了。

我觉得，其实他们都不孤独吧，他们内心深处相互支撑着，只是在生命的某个时间点跑偏了。

人生的路上我们总会有一些时刻没办法自己一个人走过，我们互相陪伴，也需要互相告别。

那你爱我吧。好，我爱你

2013年12月21日，孙静香订下2014年1月1日飞沈阳的机票时，并没有想到，自己会与梁之舟再次见面。

那一年，迷笛要在深圳大运中心举行中国第一个跨年音乐节。孙静香早就和同学约好了，要一起去看，然后顺便第二天到香港玩玩。这么一算，在深圳应该要待上两天的时间。

自从孙静香在朋友圈发了要从珠海到深圳跨年的计划后，梁之舟就旁敲侧击了许多次，表明了要见一面的想法。

梁之舟比孙静香大一岁，两年前的国庆节，孙静香正在宿舍里无聊地听音乐，一个熟识朋友的电话打进来："嘿，静香，我堂哥他们想去揭阳玩，你要不要一起？"

她一想反正自己也没事，随便收拾了下就过去了。孙静香熟门熟路，一路推荐吃的玩的，让朋友的堂哥一家都非常尽兴。哦，她朋友的堂哥，就是梁之舟。

没有俗套的一见钟情。在孙静香当时看来，梁之舟长相一般，个头一般，幽默感……也很一般，实在没有什么让人另眼相看的地方。

梁之舟倒是一路都挺爱找她说话，她也漫不经心地，有一搭没一搭地聊着，后来分别时互加了微信，也没怎么聊过天。所以那次梁之舟提出想见面，孙静香懒得折腾，就直接选择了忽略和婉拒。

后来，她计划有变，在离2014年元旦还有几天的时候，她放弃了去香港玩的计划，打算在深圳跨完年直接飞沈阳去和妈妈会合。

可能也是梁之舟请求了太多次，语句温柔，她开始有点动摇。后来，梁之舟已经回到深圳，再次给她发了条微信："孙静香，我觉得无论如何，我们还是抽空见一面好吗？你下次来深圳也不知道什么时候，也不一定碰巧那个时候我刚好回国。"

"不是我不见，你看吧，我31号到深圳，1号早上八点半的飞机，我们哪有时间见面。"孙静香懒懒地回他。

"那就1号早上我去机场送你吧。"

"好吧。"孙静香随口答道。

她实在不认为，梁之舟会过来。八点半的飞机，提前半小时登机，一个小时领登机牌进去候机，算起来如果俩人一定要见一见说上话，那么他六点半就得跟她一起出现在机场。

就在孙静香快要到深圳的那天，他们还有着断断续续的联系。

直到她31号到了深圳，两个人也像是很默契地，谁也没有提起第二天早上要几点在机场见面的事。孙静香以为，这件事也就这样不了了之了。

那天晚上，孙静香在音乐节玩得很痛快，时不时会接到梁之舟跟她唠叨自己怎么帮妈妈算账的微信，也象征性地问了几句音乐节好不好玩、冷不冷之类的话，还是没有提第二天要见面的事。

孙静香回到酒店洗完澡已经快两点了，梁之舟催她早点睡，说自己还在忙。她五点半起床的时候，看到梁之舟三点多给她发过信息，说自己刚回到家。当时，孙静香心里还有一阵小窃喜，以为他肯定不会来了。

路上她一共收到梁之舟两条微信，第一句是“糟了”，第二句问她在哪了。孙静香说在机场大巴上，梁之舟换了语气淡淡地回了个“好”，就没再说什么。

二十分钟后，他又发来信息：“孙静香，你等我一下，我拦不到的士。”然后说，“外面风好大，天没亮，很冷，你有没有穿够。”

很多天后，孙静香坐在远在几千公里之外的北方家里暖烘烘的地板上，跟梁之舟说起当天的事，才知道，打从说好要到机场送她，他就已经计算好从他家到机场开车要走哪条路，要开车多少分钟能到。因为宝安机场刚搬航站楼才两个月，他回国不久，还没自己去过。但是那天他忙到太晚太累，坐着坐着就睡过了，澡没洗，衣服也还是前一天的西装，刷个牙就直接下楼了，没想到等了很久都等不到车。

那天，孙静香到机场的时候已经快七点了，找到南航的柜台准备换登机牌。奇怪的是，那里还没开放值机，柜台里甚至还没有人，她转了几圈，梁之舟也还没到，她心里嘀咕着：“要是待会儿

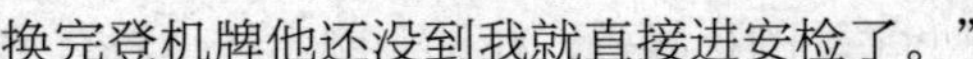

换完登机牌他还没到我就直接进安检了。”

就在她心里嘀咕那么一会儿，梁之舟的电话到了。说了两句你在哪你别动我走过去之类的话后，俩人一转身就看见了对方。

梁之舟当时大概离她二十米，慢慢地走过来，脸上带着微笑，很暖的那种。不知道那一刻到底发生了什么化学反应，孙静香居然整颗心都有点软绵绵的。她没有想到，再次见到梁之舟，会是这样的感觉。

“你穿了几件，冷不冷？”

梁之舟走到她身边，自自然然地握了下孙静香的手臂。其实，她那天整个人都是肿的，一眼就能看出来穿多了，因为下飞机就是东北，她已经提前穿上了羽绒服。梁之舟的第二句话就是，“孙静香，要是待会飞机不小心飞走了，我就帮你买下一班。”

“哈，别闹了，可不能飞走啊。”

孙静香想的是，到了沈阳和妈妈会合后，还要转机去乌兰浩特。可是没想到的是，真的被他说中了，最后她真的错过了那班飞机。

他俩在机场转蒙圈了，打算先去吃早饭，吃完再说。在去餐厅的路上，孙静香的妈妈打电话来追问，“你换登机牌了没，过安检了没，可千万不能误机啊。”她撒谎说已经换到登机牌了，差不多就过安检，还叫妈妈别担心。

孙静香故意放慢脚步走在梁之舟后面，跟妈妈闲聊些有的没的，还问妈妈晚上到了以后要带她去吃什么好吃的。她越走越慢，梁之舟也放慢脚步等她。

机场的餐厅在二楼，上扶梯之前，她还在打着电话，感觉到他从后面轻轻地推了一下自己，示意她上扶梯，走上扶梯之后，梁之舟还扶了下她的腰，她站稳后，他就松开手了。

一向很忌讳男生这些小举动的孙静香，在那一刻竟然也没有觉得什么不妥，仿佛是自然而然的，心里也有股暖流缓缓而过。要知道，在那之前，他们从来没有单独出来过。

其实，哪有什么赶不上的航班呢，只有不想赶上的人。说什么“要是误机我就不走了”结果还是走了的，都是瞎话。孙静香承认，虽然那天误机误得莫名其妙，但是确确实实，有那么一刻，他们两个人都不想那么快就和对方分开。

吃完早餐结账，服务员找来零钱，梁之舟一边把他身上的纸巾塞到孙静香的外套口袋里，一边又让她接过服务员的零钱然后放到他的西装口袋里。

后来每每回想起这个画面，明明两个人单独就可以自己放的东西，却站在餐厅门口分别往对方口袋里装，真的好好笑。

梁之舟不高，只比孙静香高个十厘米左右。结完账后梁之舟往她身边一站，比画着说：“孙静香，我觉得你也没有多高嘛。”因为之前他们在微信里讨论过好多次身高问题，当时孙静香觉得好奇怪，作为一个女生，我有一米六五，你一个男生才一米七五米不到，反而还嫌我不够高？

就像小时候，小男孩喜欢上一个小女孩，总是爱说她今天扎的蝴蝶结歪了呀，裙子脏了一个小点呀，其实并不是在说她不美，只不过是以这种方式来在喜欢的人面前强调自己的存在感。也许梁之舟也一样。

后来孙静香在南方遇到好多和梁之舟差不多身高的男生，都特别在意这个，反而那些一米八的大个子，从来没有纠结过她的身高。

孙静香没有刻意想过，为什么那个时候，梁之舟一定要见她。也许是她刚好去深圳，他刚好回国，时间对得上，就心血来潮约一

下；又也许是，她是他一直默默关注的对象，只要有机会，当然想要见一面。

在孙静香心里，比较倾向于后者。“因为之前就不太对劲啊，他十一月还给我寄过几次礼物，咖啡机烤箱还有一些吃的东西。”

在他们还只是普通朋友的时候，梁之舟会跟她讨论男女关系，也会突然问她一些问题，比如对爱情某一方面怎么看。孙静香不知怎么，就噼里啪啦牛头不对马嘴地说了一通，关于他们俩到底哪里不合适的理由。

后来梁之舟告诉她，他就是在那一刻爱上了她。孙静香一直很疑惑，因为那个时候，他们不过是偶尔聊天的普通朋友。

他们在一起后，孙静香给自己的解释是，那个时候，他没有具体指向什么，她却先急急地摆手想要退出，让他感觉到她不再是当初那个对他没有任何想法的女孩，出于一种男性的征服感，他或许想要把这份已经有征兆的爱意确定下来：哦？我们不合适？那我偏要试试。

大概是，她自己先露出了底牌。

在他们之后的交往中，俩人一直扮演的，是那种梁之舟拿不定主意就去问她，而孙静香理性地给他分析的角色。

“我堂弟堂妹都没人管，他们父母也不过问，在新加坡的时候都是我管的。”——“那你就辛苦点管管他们，女孩子还好点，男孩子一没学好后果就会很严重。”

“我想买车，买什么车好？”——“确定价位再筛选品牌型号，以你自己的实力买适合你现在身份开的车，而不是花大价钱买辆车让人在路上一看就只会说这人肯定是富二代。”——“买比亚迪吗？”

他们进行对话，常常抓不到对方的点，就好像性别角色调转了个儿，他像个初出茅庐什么都不懂的小女孩，偶尔撒娇打泼，她却像个经验十足的大哥哥。孙静香回忆，在这一整年的相处里，她好像几乎从来没有跟他卖过萌撒过娇，因为那会让她觉得自己在跟一个小孩去要宠爱。

久而久之，这段奇怪的关系让孙静香感觉很累，梁之舟也感觉很压抑。他们开始忍不住抓住对方的弱点伤害对方，把话说得很难听又忍不住再去找回对方。随着彼此越来越了解对方的痛处，也让伤害扎根得越深。

控制不住情感情绪，本来就是恋爱中最常出现的状况，但有些男孩，却偏偏要在这样已经错漏百出的关系里，先抢占一个道德高地。在孙静香眼里，梁之舟就是这样做的。

他总是在她诘问的时候，先一步承认自己不对，然后逃避她的抱怨。在她怨气越来越重的时候，他又反过来显得大度："你在想什么，都可以告诉我，不用隐藏在心里，你要时刻想着，你的对象，不是一个无理取闹、不理解、会胡思乱想的人。"

对，梁之舟从来没有无理取闹，从来没有胡思乱想。他不紧不慢：你逼近一步我就退一步，你累了退了我就上前，明知故问：你怎么了？

孙静香理解的亲密关系，就像是那句台词，"当我知道了自己要和某个人共度的时候，我希望这个余生越快开始越好。"而梁之舟则是，"好像一切来得太快了，我自己有一堆问题，我可能不适合谈恋爱。"

这个世界上，真的有不适合谈恋爱的人吗？更多的情况是，不适合在一起谈恋爱的两个人，我为你耗尽心力，你觉得毫无意义，你为我做过的考虑，我也感觉不到，双方的心意如同到不了对方脑电波的信号，是一种解方程解不出的无力感。

孙静香记得他们在机场吃的那顿早餐。她没胃口，梁之舟轻轻地说了句，那我按照我的口味点给你吃好不好？她记得很清楚，他叫了排骨、凤爪、虾饺、萝卜糕，还有她的一碗粥，并且很细心地让服务员一定要给她上一碟咸菜。

她说自己喜欢吃芋头，他就非要多叫一份蒸排骨，只为了把里面的芋头夹出来给她。她原本不喜欢吃烧卖，但是吃了一个以后，真的觉得比她以往吃过的都要好吃，不知道是不是心理作用。

当梁之舟用勺子一点一点帮她挑走粥里的小黑点，还体贴地帮她把长发撩到耳后的时候，孙静香有点恍惚，仿佛这样的场景是可以天长日久地过下去的。她突然在心里生出一些期望，想和他一起吃好多好多顿饭。尽管这个念头刚一出来就把她自己吓到了。

她真的以为，他们会好好走下去的。但是后来，她却宁愿故事从来没有开始过，或者永远留在2014年1月1日，她第一次单独见到他的时候，而不是2014年12月31日最后一分钟。

陶喆唱《普通朋友》，我无法只是普通朋友，我感激你对我这样的坦白，但我给你的爱暂时收不回来，我猜，你早就想要说明白，我觉得自己好失败，从天堂掉落到深渊。

直到现在，孙静香的微信名还是wanan，意喻“我爱你爱你”，因为以前，梁之舟睡前都会给她发“wanan”，而不是晚安。

后来，孙静香读到绿妖的《北京小兽》，里面有这么一段话——

“她动了一下，不安地嘟囔一句：那你爱我吧。像陈述句多过疑问句。他说：好，我爱你。”

孙静香心里一颤，想起当初梁之舟温柔地对她说：

好，爱你。

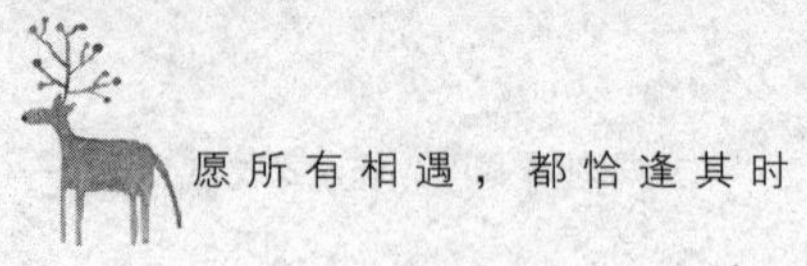

那些伤痛，都是生命必经之路

那年，小妮还只有8岁，在念小学二年级。

成绩不好，被骂是家常便饭的事，尤其是家长会后。

印象最深的是一次在暑假里，虽然妈妈给她规定了每日要完成的作业，但是，在那个时候，哪个小孩不是临开学前几天才匆匆忙忙地写（抄）作业呢。小妮也不愿做作业，她准备趁着大人上班，偷溜出去找小伙伴玩。

有一天，也不知道怎么回事，爸爸到了上班的点还在家里。小妮看他在房间里接了一通电话，就把房门反锁了。小妮有点纳闷，等了一会儿，也不见爸爸出来，忍不住就跑到楼下座机打电话找同学出去玩。

一拿起座机，里面就传来一个女人的笑声，她吓了一跳，仔细听了一会儿，电话里还有爸爸的声音，俩人似乎很熟的样子。她能肯定那个不是妈妈。

小妮把这事告诉了妈妈。她记得，那天家里爆发了前所未有的大“战争”：妈妈指着爸爸骂，又随手把旁边的花瓶、电话机、水杯等等往地上砸。

爸爸刚开始面红耳赤地想要说点什么，后来也索性像妈妈一样开始砸东西。爸爸力气大，砸的都是大家电。最后，小妮看见爸爸举起家里的电视机，眼看着就要往地上摔的时候，她哇的一声哭出来了。

后来在妈妈常年的絮絮叨叨中，小妮了解到那个女人是爸爸结

婚前的女朋友。

她似乎也是见过那个女人的，在离家不远的一个咖啡馆，看见过爸爸和一个打扮很时髦的女人面对面坐着。

“我妈妈才不会化那么浓的妆咧。”

那个时候，小妮还自言自语道。不过，那段时间，家里已经经常“硝烟弥漫”，小妮似乎懂了些什么，就没有把这事告诉妈妈。

后来爸妈还是没有离婚，也许是为了顾及小妮，家里也很少再有过这么激烈的争吵，但冷战却很频繁。妈妈变得越来越神经质，总是拉过小妮的手讲一大堆爸爸的坏话。

小妮不喜欢爸爸，也许是从那个女人的电话开始的；她也不喜欢妈妈，因为那些絮叨，使她的童年常年笼罩着阴郁的气氛。她开始不愿回家，哪怕是坐在空无一人的教室里，一遍又一遍地读语文课本来给自己壮胆。

M.斯科特·派克说过，童年一盎司的阴影，长大后会变成一千吨的自毁。小妮也见过同学和谐的家庭，他们的父母都很恩爱，做饭的时候厨房里笑声阵阵，饭桌上他们的父母会给彼此夹菜。

很多年以后，小妮才知道那样的家庭其实很普遍，那样的关系也才是正常的，但是整个童年，她从来没有在家里看到过那些“平常”的场景。

她只看过幸福的片段，却不知道怎样才能获得这样的家庭。到了青春期，身边的女同学悄悄地互换秘密：我要找个跟我爸爸一样又帅又高大的男生做男朋友！高年级的X学长，跟我爸一样体贴！我喜欢我们班的小志，因为他房间里有和我们家书房一样大的书柜！我要长大了再谈恋爱，找个像我爸一样的教授！

女同学们戳戳小妮的腰：你想找个什么样的男朋友？小妮张了

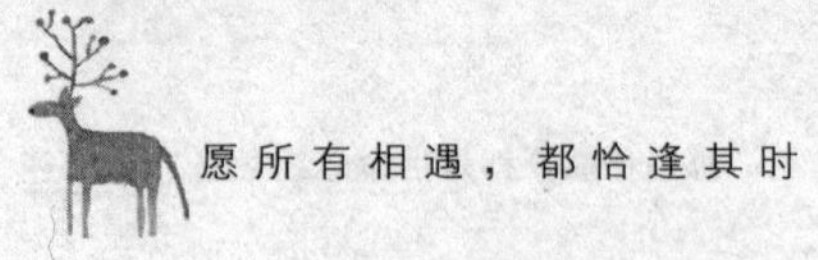

张嘴，吞下一口空气，却什么都没说出来。

她不想找像爸爸那样“出轨”的男人——那个时候，小妮刚刚知道这个词，认定爸爸就是这样的人。“厌”屋及乌，她甚至对和爸爸一样高大，戴眼镜的男生都心生厌恶。

最重要的是，从来就没有一个“模范”，能够告诉她，什么样的男人才是“好”。以至于在后面的恋爱里，她一直懵懵地听不懂旁人的劝告“这个人品格不正”“他是个很自私的人，以后会对你不好的”。她只会一味地付出自己的好感、喜欢、爱，不懂得收放，也不懂得经营。

曾经有段时间，她和一个比她年龄大一轮的男人在一起，就用R来称呼他吧。

那时候，电视里正在热播《蜗居》，她觉得R很像宋思明，不同的是，R早就离婚了，还带着一个10岁的儿子。

她知道这段感情不长久，但就是沉溺在R给她的体贴和温暖里。有时候，R在厨房里做饭，小妮去帮忙，俩人默契地递菜洗菜的时候，她甚至感觉到自己开始有一种前所未有的渴望。

这样的幻想破灭得也很快，缘起是R的儿子突然有一天冲进他们的公寓，大叫着“我不喜欢你，你给我滚”，小妮一时不知所措，那个男孩突然尖叫着抓起一把椅子就往地上劈去。

小妮惊呆了，8岁时候父母的那场争吵突然又浮现在自己的面前，她一步步后退，整颗心剧烈地跳动，慌乱无比中她可怜兮兮地望着R，想寻求点什么，或许是安慰，或许是保护。

R急急忙忙地过来拉她。她以为他要抱她，顺势要投入他的怀抱，没想到他却是将她往门的方向推：“你先出去，你先出去。”见小妮愣着没动，R又着急了，在她耳边小声说：“你先到别的地方，我过几天去找你。”

小妮才反应过来。她不声不响地走到门外，还顺手带了一下门，但是在快关上的时候她狠狠地将门“嘭”的一声碰上。

她再也没回去，甚至也没联系过R。巧的是，R也没有再联系过小妮。他们保持了最后的默契。

那一年，小妮刚刚20岁。

小妮又陆续谈了两次恋爱，有一次是异地恋，抱着“哪怕多见一分钟都觉得宝贵”的想法提早到机场等男友，但因为男友临时有事改签又忘了告诉她，她等了足足四个小时，然后发了条短信就跟对方说了“拜拜”。

有一次，和另外一个系的系草恋爱，在一起去青岛旅游的时候过夜，情不自禁地越过了禁线，小妮事后问他，如果我“中彩”了怎么办。系草轻描淡写地说，吃避孕药吧。后来小妮自己买了紧急避孕药，但也从此没再理他。

其实小妮长得不错，有清清爽爽的长发，眼睛很迷人，侧面轮廓尤其漂亮，和她妈妈一样，不爱化妆。大学的时候，常常有很多外系男生特意选修她要上的课，在课堂上偷偷看她。

在她谈过的三场恋爱里，她前期总是沉浸在甜蜜得腻人的亲密关系里，但又总是一秒钟变脸。她很容易不耐烦，也很难忍受对方哪怕一点点瑕疵。即使是在双方感情最好的时候，她也经常疑神疑鬼。

再后来，小妮遇到了季豫。

季豫像是一个天生就自带阳光的男孩，他身上似乎从来就没有负能量。小妮也从来没听他真正抱怨过什么。

最让小妮动心的是，季豫总是温柔地包容她所有的不耐烦、焦躁，在她害怕的时候给她拥抱，在她退缩的时候给她鼓励。无论她有什么想法，季豫总是支持她去实现。

因为和他在一起，小妮觉得自己比过去多了许多勇气。不，不是不害怕，而是尽管有时还会感觉畏惧，但仍然敢迎难而上，尽管知道会有伤害和痛苦，仍然能直面风险。因为她知道，就算她直直朝后倒下去，也有季豫稳稳地接住她。她是如此确信，超过了对自己的信任。

当季豫第一次带她回家的时候，她就明白他为什么会有这样的性格。

季豫的父母，都是大学老师，不说相敬如宾，而是真正懂得关心和包容对方。“在这样的家庭长大，肯定很幸福吧。”小妮羡慕地对季豫说。

“我们以后的小孩也会这样幸福。”季豫抱住她。“不，我可能很难拥有这样的家庭。”小妮忍不住向季豫倾诉了自己童年的经历，那是她第一次，跟人讲起自己的家庭。

没想到季豫很轻松地拍拍她的头：“父母的事，就让他们自己去解决，你看我们，也没有完完全全重复父辈的路呀。”

其实过了这么多年，小妮也已经知道，当年爸爸其实并没有做过什么出格或者对不起妈妈的事。

当时爸爸的前女友离婚，心情不好，跟爸爸倾诉了几句。而爸爸怕妈妈知道后不理解，所以那仅有的几次来往，也都是瞒着妈妈，只不过越瞒就越像“心里有鬼”，反而酿成了日后的隔阂和争吵。

不知道从什么时候开始，小妮不再以爸爸的标准来苛刻男朋友。虽然直到现在，她仍然不喜欢爸爸当年的做法，也不喜欢父母相处的方式，但，就如季豫说的那样，那是他们的感情问题，自己有什么资格去插一手，或者去怨恨呢？

而且，没有一个完美和谐的家庭，从来不是自己的错，但并不代表自己以后的家庭也会这样，更不代表自己因为童年缺失，就能够理直气壮地跟陌生人要安全感，要无限量的宽容和拥抱。

当小妮想通这一切的时候，她发现，曾经的弱小、不完美、偏执，以及突如其来的害怕，都只是生命中的必经之路。而这一切，是季豫为她点石成金，让她像爱丽丝一样可以梦游仙境。

“如果没有季豫，你会不会变成现在这样？”

小妮面对死党这样的问题，眨巴眨巴眼睛：“其实是我已经变了，再遇到季豫，就是迟早的事了。”

小妮想起以前翡翠台有个广告：

（雨天）

A：“打波先来落雨，唔通连个天都唔钟意我？”

B：“我哋听日再打过啦，听日一定会好天！”

（第二天晴天）

A：“你点知今日会好天咖？”

B：“唔知架希望在明天啊嘛！（补充：其实落雨又有乜好怕喔！）”

翻译过来就是：

（雨天）

A：“踢球的时候下雨，难道连上天都不喜欢我吗？”

B：“我们明天再继续玩呀，明天一定是个好天气。”

（第二天晴天）

A：“你怎么知道今天是大晴天？”

B：“不知道的啊，但是希望在明天嘛（补充：其实下雨也没什么好怕的呀）！”

我和余生，只差一个你

我有个朋友，梅子。

她有大名，跟这个风马牛不相及，但是大家都喜欢叫她梅子。

梅子是江苏人，家里姊妹三个，她是家里老大，下面两个妹妹：一个读了大学，一个读了高中就开始胡闹。读了高中的那个妹妹从小被过继给了同族的一个叔叔，小妹妹在叔叔家过得不如意，等到16岁的时候，他们家条件好点了，就把她接了回来。

小妹很叛逆，四处闯祸，泡吧、喝酒、打架，无所不能，仗着一张清纯的脸，骗了不少小男生，也被不少小男生大男人骗过。

梅子的爸妈很头疼，谁拿她都没办法。

她动不动就失踪，伴随她失踪的常常是家里的钱。有时是几百块，有时是一两千。梅子的爸爸气得住了院，他大骂，哪个都不许管她！谁要是管她的话，他就要打断谁的腿！

起初，家里人还找她，后来当她失踪慢慢变成经常的事情后，家人也就不再当作一回事。

父亲想要给她点教训，想让她学点知识文化，大姐二姐学业那么好，不能让她就这样做个小太妹。

小妹到扬州一所职业院校读书，上学不到一年就跑了回来。她嚷嚷着说不念书了，被父亲打了一顿。奇怪的是，她没有哭。

事后，她告诉梅子说她怀孕了！梅子当时人在北京读书，一下子慌了。她想了一夜，然后给家里去了电话说让小妹来北京吧。

父母实在没办法了，只好同意。尽管，当时她还是个依靠打工赚钱养活自己的穷学生。

梅子觉得自己就像山谷里的野百合一样，她相信迟早有一天，她，还有她的两个妹妹，会像野百合一样，开得汪洋恣肆。

梅子在学校附近租了一间最便宜的平房，三百块一个月，墙薄得像张纸。隔壁讲话声音大点，都听得一清二楚。旁边住个女人，经常带不同的男人回来，然后夜里会有肆无忌惮的呻吟飘进梅子的耳朵里。

梅子那时还没有男朋友，她听了颇有些难为情。小妹听了冷哼两句，她说：“想不到北京的女人这么奔放。”

“别瞎说。”梅子说。

小妹就低首不语了。

梅子找同学凑了一千多块钱，带小妹去医院检查，然后做了药流。

梅子旷了好几天的课，整天陪着小妹，给她煲鸡汤。她特地去菜市场买了一只乌鸡。她一点也舍不得吃，小妹让她喝点汤，她也不肯。

小妹说：“我喝不了那么多的汤，大姐你喝一点吧，就算帮帮忙。”

梅子愣是没喝一口。

后来剩下一碗鸡汤，小妹赌气放在桌子上。梅子怕坏了，没有冰箱，她就打了一盆水，将鸡汤放在水里。

夜里梅子起来好几次，倒水换水。

房间小得够呛，除了一张一米的小床，只有一张桌子，再放不下任何其他物件。她和小妹就挤在那张小床上，地上有一台摇头扇，算是最大的电器。她怕小妹寂寞，她连一台电脑或电视也没有，于是梅子给小妹讲各种故事。

小妹听得入迷，她说：“大姐你为何不写小说？我觉得你讲得比很多人都好。”梅子笑笑说：“我写呀，但是我觉得我写得还不够好。我投过稿给一家报社，一直杳无音信。”

梅子呵呵笑着，她很开心，小妹当她第一个读者。

小妹说：“大姐，我相信你一定行的！”

梅子说：“小妹，我觉得你也能行！”

第二天，梅子心痛地发现，那碗乌鸡汤还是馊了。她闻了闻，然后说：“味道应该不错吧？扔了怪可惜的，不如我喝了吧？”

小妹一瞬间眼泪掉下来，她说：“大姐，你别喝了！”

梅子讪笑着，然后将那碗鸡汤缓缓地倒掉，她望着鸡汤万分心痛。

梅子快毕业了，大学四年，她没谈过一场恋爱。倒不是没有让她心动的男生，但是一想到对方的条件，跟自己的条件一对比，她立刻心灰意冷了。

那个男生，是浙江人，长得眉目俊朗，家里做生意，颇有点家资。

我们都叫他大江。

我曾经怂恿过梅子：“看大江对你也挺好的，要不你就主动点吧？”

梅子摇摇头。大江是个万人迷，女人缘极好，在一所男多女少的工科院校，他的身边竟然从未缺过追求他的人。

梅子有些自卑，她将这些细微得如同绵绵春雨的情感，全变幻成笔端的文字。她的文章写得越来越好了，已经有上海一家报社录用了一篇。

她欣喜若狂，拿着那笔微薄的稿费请我、小妹、大江吃了一顿火锅。

梅子去了上海，做文案策划。一个月几千块钱，除了房租日用开支，她几乎剩不了多少钱。她从来舍不得给自己买一件漂亮的衣服，只穿从七浦路买来的便宜货，耳朵上戴着十块钱一副的耳坠，最贵的衣服不超过一百块，脚上鞋子的价格跟衣服的价格不相上下。

最奢侈的一次是她给自己烫了发，花了两百五十块钱，将自己整得像旧上海的女人。后来她自嘲是二百五。

大江给她打电话，无意中听说她买十块钱一副的耳坠戴，心疼不已。大江挂了电话后，告诉女朋友说自己周末要去上海出差。

他瞒着女朋友，在淮海路某个商场专柜里给梅子买了副耳坠，然后又买了条铂金项链，送到梅子租住的地方。梅子还是跟小妹住在一起，她们住在上海的老弄堂里。

梅子有些不好意思，她穿梭在公共小厨房里为大江做了顿丰盛的饭菜。

吃饭的时候，大江问小妹现在做什么。小妹说："大姐前年给我报了个成人高考班，现在我在财大上课学习，还有两三年才毕业。"

她对大姐心存感激，而梅子对她觉得歉疚。梅子没有一分余钱，她的钱全用在小妹跟自己的生活上。

饭后，大江说："梅子你陪我去走走吧。"

华灯初上，夜晚的上海美轮美奂。

"你跟她要结婚了吧？"梅子仰起头问他。

大江点点头，然后说："到时你一定要来。"

梅子低头不响。大江从包里掏出首饰说："给，送给你的。"

梅子的头摇得像拨浪鼓。

他说："不贵的，便宜货。我这是买了地摊货，怕你嫌弃，然后找了两个名贵的盒子而已。”

“我给你戴上吧？”梅子点头同意。他借着月色和路灯的亮光，给她戴上了项链。

梅子终于恋爱了，对方在一家央企上班。谈了两年，梅子觉得可以谈婚论嫁了。可是，每次梅子谈到结婚的话题时，对方都闪闪躲躲。

梅子知道他是嫌弃了，觉得她像简·爱一样，穷、不漂亮，事实上，梅子长得还蛮说得过去。

她压抑住心中这种念头，跟他又谈了半年，终于有一天她忍不住跟他摊牌——“你是不是觉得跟我在一起丢人？”他说：“不是。”但梅子知道他没说实话。

又过了半年，他跟梅子说：“对不起，我觉得我们个性不合。我们还是分手吧。”

那一夜，梅子没回家，一个人沿着黄浦江走了一晚上。

两年后，梅子换了工作，她去了报社当记者。

她一直单身。小妹大学毕业，回老家工作去了，在一家银行上班。她想想就要笑，小妹这朵野百合终于迎来了生命中的春天。

她从来不敢想自己的未来。她还是没有攒下什么钱，但她日子过得比前几年好多了。她不再去七浦路买衣服，她有时在淘宝上买衣服，有时去淮海路上买打折换季的衣服。

她一直在等待着她的春天。

可是，她的春天在哪儿呢？

大江离婚了，原因不明。

梅子抽空去了一趟杭州。他们沿着断桥和苏堤来回地走，直到走得累了，她说：“走吧，我请你去楼外楼。”

屋里比外面暖和多了，梅子脱掉了大衣，露出里面的衬衣。大江一眼瞥见多年前他送的那根项链。

他指了指她的脖子说："还戴着呢？"

梅子说："还戴着呢——这是我收到的最贵重的礼物，怎能说扔就扔呢？"

梅子站在黄昏的西湖边，全身沐浴着深秋的颜色，庄严肃穆。她揉了揉眼睛说："大江，要是你将来还打算爱人的话，能不能优先考虑一下我？"

大江愣了愣，然后走过去给了她一个拥抱，他说："好的，我一定优先考虑你。"梅子在夜风里笑着流泪，她说："春天怎么那么慢？"

致我们单纯的小美好

莫小北是个热情开朗的南方女孩，满脑子不切实际的幻想，梦想着跟三毛一样行走天涯，但其实她走过的地方很有限，二十六年的人生中她连国门在哪里都不知道。

尽管如此，她依然喜欢自称驴友，就像她喜欢自称情场不倒翁一样，这是她给自己贴的两个标签。

她的朋友们对她这些犯二的行为统统视而不见听而不闻。

莫小北对数学没有概念，缺乏逻辑，这是上大学以后她才逐渐意识到的。她至今算不清自己喜欢过多少人，或者说被多少人喜欢过，统统说不清，她的过去就是一笔糊涂账。

有时，喜欢她的男孩问她："小北，你究竟有过几个男朋友呀？"她嘿嘿一笑，两手一摊说："我也不知道呀。怎样的才算男朋友？”

最后被弄晕的往往是别人，她自己像个没事人一样。有人说她有点二，也有人说她没心没肺。

小北对这些不太友善的话全都不介意，依旧整天傻呵呵地笑着。她声称自己对伤害有极其高超的复原能力，怀揣着一瓶桃花岛的“九花玉露丸”行走江湖。

她爱过很多人，每一次都以失败而告终。她不明白自己究竟失败在哪里——也许，这才是她真正失败的地方。

总之，熟悉她的朋友们都知道，三两个月过后活蹦乱跳的小北还会原地满血复活，然后呼朋引伴，说着那些让自己听着都豪情的话——我莫小北不是没人要的女人！是姐姐我不要他们了，他们配不上姐！

类似的话，她说了不下五次。人家都以为她情场战斗经验丰富，其实，她真正的恋爱只谈过一次，还是上大学那会儿。

后面再遇见的总是三两个月就莫名其妙无疾而终了，小北自己也丈二和尚摸不着头脑，为什么明明是个精彩的开头，却没有同样恢宏的结尾？

没人愿意告诉她真相：她小地方出身，下面还有两个弟弟；读了个高不成低不就的大学，学了个不冷不热的专业；适应不了大公司的尔虞我诈，看不上小公司的门面……如果能给她加分的话，也许是她自以为是的才华和还算清秀的样貌。

可是，没人愿意告诉她：小北，不要相信会有喜欢女人才华的男人。

也许，小北没有她那些所谓的才华，光凭她的样貌倒是早把自己嫁出去了。

这些，统统没人跟她讲。她自己也就懒得深究，反正她的生活看起来还不错。

想不通的时候，她喜欢一个人去旅行，在一群陌生人中她会旁若无人地高喊："莫小北，你是最棒的！"引得别人对她侧目，以为她是搞传销被洗脑一族。

然后，在众人惊诧的眼神中，她得意扬扬地穿行。

再后来，她喜欢对着莽莽苍山高喊："莫小北，我爱你！"群山给她回赠一连串的回声，全是"我爱你"。

后来有个人对她说："对不起，小北。我知道你是个好女孩。可能，你误会了我的意思……"

再后来，她一个人面对绵延不绝的山峦时，不再高喊"莫小北，我爱你"，而是"你有什么了不起的"，群山赠给她没完没了的"了不起"，她捂起眼睛，最后眼泪从指缝里滴落在石头上，滴滴答答，没有回响。

她认识林朗纯属偶然。两年前的夏天，她休假回老家，顺便去上海逛了逛。不知哪根筋搭错了，她忽然心血来潮想去九寨沟看看。于是，她三下五除二去宾馆退了房，然后直奔虹桥机场，买了下一趟飞往成都的航班。

在二十七号登机口那里，她找了个座位坐下。她看了下时间，马上要登机了，她不喜欢在飞机上上厕所，于是，她开始寻觅能够帮忙照看她行李的人选。

她瞄了下身旁一位一直在闭目养神的男人，他的脸被一顶灰色帽子遮住了，看不清样子。

他穿着一件深蓝色衬衣，裤子也差不多是同样深沉的颜色，脚上是一双宝蓝色便鞋，通身写着三个字"低气压"。小北着急去卫生间，只好用指尖轻轻地触碰了下他的胳膊。

"嗨，嗨。"她说。

他拿下帽子斜着一双眼睛望着她，眼神不算友好，那意思是：小姐您有何贵干？

小北这才看清他的长相。这是一张棱角分明的脸，如果不是那副爱理不理的神情，小北觉得自己会爱上他。

“不好意思，我去趟卫生间，能麻烦你帮我照看下行李吗？”

他点点头，随即又将帽子盖在了脸上。

登机的时候，小北不知为何想离那个男人远一点。男人将帽子戴在了头上，一双不大不小的眼睛藏在厚厚的镜片后面，白色的耳机线挂在他的耳朵上。小北排在他的前面，她不经意回头瞟一眼男人的时候，男人正望着她，隔着不太长的人群，那一刻，小北的心莫名悸动一下，脸一红，她低着头快速通过了安检门。

她的座位在机舱的中段，靠着过道。

刚坐定，远远地就看见眼镜男微笑着朝自己这边走，小北心下嘀咕，谁说女人善变？男人变起来也让你来不及眨眼，前一秒还黑着脸的状态，下一秒却一副绅士的样貌。

眼镜男说：“你好，麻烦让一让。”小北的心跳了下，他竟然就坐在自己旁边！

“那么巧？”小北没话找话说。

他笑着点点头。

“你去成都旅游？出差？”小北觉得反正闲着也是闲着，不如闲聊两句。

大约意识到自己的态度不算积极，眼镜男开口道：“哦，旅游。”

“旅游？！我也是呢！太巧了。你去哪里玩呀？”小北因为兴奋竟然忘了常识，四川是旅游大省，去那里旅游的人本来就车载斗量。

眼镜男嘴角微微上扬，没好意思笑出来。“随便转转，看心情吧。”他随口一说。

“不如我们一起去九寨沟吧！如果你不介意的话，反正你也是一个人……”小北主动发出邀请。她刚说完这句话就开始后悔了，她总是这样，舌头跑得比脑子快。

接下来的半个小时内，小北从眼镜男那里获知的消息如下。

姓名：林朗；年龄：二十八；

星座：天蝎；祖籍：安徽六安，新上海人；

职业：建筑设计师；学历：研究生；

毕业院校：同济大学……

就在她要告诉他双鱼跟天蝎是绝配的时候，餐车到了。

“您好，请问您喝点什么？”

“咖啡。”林朗说。

“水。”小北说。

林朗有两次想说自己有点乏，要休息一下，话到嘴边又咽了回去，看在小北还算养眼的分上，他想到这个内心笑了笑。

经过两个小时的了解，在下飞机的时候，林朗原本毫无计划的一周旅行变成了这样：成都市区三日游加上九寨黄龙三晚四天，自然跟莫小北的一模一样。

一向做事十分有计划的林朗，只有这一次出行没有任何规划。他甚至告诉小北，他从大学起就相恋的女友跟一个老美结婚了，半个月前才移民美国。

小北说：“我们去住青旅吧。青旅便宜而且会遇见很多有意思的人。”

林朗说：“怪不得你想去呢，你们做广告策划的是不是特别喜欢刺激的东西？”

小北耸耸肩，不知该如何回答这个问题。好像是，又好像不是。

小北后来想了想，应该是这样才对——对事物她喜欢新鲜的，对人嘛，旧的也许更好。双鱼的人其实比巨蟹还恋旧呢，这是后来的她总结出来的。

他们没有去住什么青旅，而是住了林朗提前订好的一家宾馆，小北住在他的隔壁。林朗喜欢凡事自己做主，这些都是小北在惨败后才总结出的经验教训。

有些人有些事就是这样，情感涌动的时候，你无法控制，只能跟着它“随波逐流”。

到了成都的第二个晚上，他们从锦里出来的时候突遇暴雨，打不到车，又是深夜，两个人冒着雨跑回了宾馆，好在距离不远。

两个人踩着水花高声叫着，那一刻小北忘记了被人看不起，也忘记了为什么自己还没嫁出去。林朗则忘记了背叛自己的大学女友。

第二天，一觉睡到上午八九点。小北起来收拾好后，给林朗发了个信息，没回；打了个电话，没接。她走到隔壁房门前，敲了敲门，没人应。她叫了声林朗，就在她打算扭头回房的时候，房门开了。

林朗的样子让小北看了莫名心疼。白皙的脸上泛着潮红，头发乱糟糟，一夜之间疯长的胡子。他朝床上一倒，用沙哑的嗓子说：“我好像感冒了。不好意思，我不能陪你去九寨沟了。”

“没事。我陪你在成都玩也是一样的。”小北又一次恨自己没脑子，说话好似不经过大脑一样。

小北忽然大着胆子走过去，朝他旁边一坐，因为紧张手心里都是细密的汗，她悄悄地抹在了他的被子上，然后伸出手摸了摸他的额头。他并不反感，像认识了一个世纪那样久，那样自然亲切。

“你发烧了，起来，我们去医院吧。”

“没事，这点小事不值得去医院。麻烦。真是没用，你那么瘦弱都没问题，我长这么高真是痴长。”他自嘲地笑了笑，嘴唇因为发烧呈现深红色。

“那……我先出去给你买点药。你躺着别动。”小北交代了两句。

半小时后，小北带来了两人的早餐，还有一支温度计，一份退烧药，一份感冒药。

林朗勉强起来洗漱了下。小北摸了个枕头给他靠着。事后，小北想起这些总觉得害臊，自己怎么能这样没皮没脸呢？但她不知道的是其实林朗一直很享受被照顾的感觉。

林朗7岁那年，父母离婚，他跟着父亲生活，对来自女性的关怀总是格外谨慎，也记得格外清晰。

吃了感冒药的林朗头越来越沉，越来越沉，他说：“我想休息一下，谢谢你小北。要不今天你自己出去逛逛吧？”

小北冲他笑了笑说：“没事。你高烧三十九度，我不放心。等你好了我们一起玩不是更好？”

林朗也不勉强，他说：“要不这样吧？你回自己房间看看电视，我有需要的时候给你打电话？”

“我不！”小北脱口而出的话让人有些吃惊，连她自己也惊讶，那语调竟是对着情人撒娇才有的，她的脸腾地一下红了。

为了掩饰自己的失态，她赶紧换个话题说：“林朗，你信不信这样的话？人与人之间有一股气味，只有气味相投的人才能在人海中一下子寻找到对方，就像雷达一样灵敏，人们对与自己有缘的人会有这样的心灵感应。”

说完这段话，她彻底绝望了，这等于变相表白。好在林朗昏头涨脑没注意，他只顾着点头。

几年以后莫小北在写一篇网络小说的时候这样写道：

有些人，你只见他一面，好似已经认识了一千年。

有些爱，你甚至从未真正拥有过，可是过了很久很久，那时的味道还浓得散不开。

林朗出了不少汗。小北用温水浸湿了毛巾给他擦脸时，他伸手拿过去自己动手。

他的动作让小北觉得特别尴尬，立刻恨上了自己，自作多情。

小北怕看电视吵着他，于是戴上耳机听着音乐，阅读网上下载的电子书。

林朗醒来的时候，发现小北早已趴在沙发上睡着了。他想抱她到自己床上歇一歇，想来想去，不合适。于是林朗推了推她说："哎，你要是累的话就回房间休息吧。我好多了。"

小北揉了揉眼睛说："啊？几点了？你想吃点什么？"

她也不等他答应就出门买水果了。

这个女人的心里得有多少爱要奉献给别人呀？她总是只管付出，从来不管别人要不要，更不管别人会不会回馈她对等的爱。

这正是莫小北生自己气的地方，她管不住自己的感情，因而特别羡慕一种人，明明动心了还能装作无事人一样潇洒。他们都是保护自己的专家；而她，从来没有想过保护自己。

她会跟人说："爱一个人多好呀，这证明你有爱人的能力。付出总是比获得让人有成就感。"

私底下，自尊被人伤了的时候，她就恨恨地骂自己："你就是个傻瓜！你把心挖出来给人家，人家连看都不看！"

第五天上午十点的时候，莫小北跟林朗已经到了九寨沟的原始森林里。莫小北说："你知道吗？对着群山喊话你会觉得特别痛快。"

林朗笑笑说："你试过？"

"何止试过呀？我还经常这样干呢。"她得意地炫耀自己的二货生涯。

见林朗没反应，她继续说："你要不要试试？反正这里的游客也不多！他们都看下面的海子了。"

"喊什么？"

"随便。"

"那你平时都喊什么？"

"我喊的……嘿嘿，哎呀，你不要问了。你随便喊你的就好了。"

小北不肯告诉他说，她都是喊给自己打气的话。

她越是不说，他越是好奇。经不住软磨硬泡，小北像豁出去了一样说："莫小北，我爱你！要不，你试试？"她用一种促狭的目光看着他。

林朗看着她只是笑，不说话，小北意识到有点不对劲，于是说那你这样嘛，换个名字就好了。

"林朗！我爱你！"她示范给他看，林朗还是笑着望着她，山谷回赠她一串"我爱你"，小北脸红脖子粗无地自容。她扭过头去不看他，觉得怎样都别扭，干脆一阵小跑将他落在后面。林朗赶上来说："我牵着你吧，刚下过雨，山路太滑了。"

小北乖乖地将左手放在他的右手里。她低着头，一句话也不说。林朗问她："怎么了？想什么呢？平时你不是话挺多的吗？"

他越是这样问，她越是不说话。最后她说了句没头没脑的话："你们男人不是都喜欢女人废话少一点吗？"

林朗不置可否地笑笑。小北见他的反应生一肚子气，但她转念一想，我凭什么生气？

越是这样想越是生自己的闷气，也许生自己为什么那么快就喜欢上一个男人的气，她抽回了手，一个人往前没命地跑。

林朗只好由她去。

下山的时候，她还是一个人在前面走，林朗一个人在后面。小北突然觉得没来由地悲伤，自己实在是任性，人家也不欠你什么，想着想着她一个人就站在五花海前面哭了起来，不远处林朗正对着海子拍照拍得起劲。

林朗赶上她的时候，天边的夕阳还剩下最后一道光。

林朗像什么事也没发生一样，问她："饿了吧？晚饭想吃什么？我请你。"

小北觉得自己跟人家赌了一天气真不值得。后来的她每每想起这一天都后悔万分。

我们总是做这样的蠢事，在拥有的时候使劲折腾，等到失去的时候又后悔。如果让我们再一次拥有，我们依然忍不住折腾自己折腾对方，这也许是我们学习相爱的方式。

离开四川的时候，他们订了差不多时间的飞机票，小北先走，去北京，林朗回上海。

小北临上飞机前，望着林朗的脸突然想哭，她笑着对他说："嗨，不知是否还有再见面的机会……拥抱下吧，就算道别的礼物。"她说完这句话，脸跟着红了一圈。

小北紧紧抱住他的腰，将脸贴在他的胸前。小北心里想，管他呢，我可能再也没有机会抱住他了。

登机口刚才还排有长长的队伍，眨眼工夫只剩下她没登机。

她松开抱住他的臂膀，拉着行李箱逃也似的奔向飞机。

她自始至终没有抬眼看一下林朗。林朗觉得胸口凉飕飕的，原来是眼泪弄湿了他新穿的一件天蓝色衬衣。

林朗和小北的心里都明白，有些话不用说出口大家都明白。

谁会因为旅途中一个星期的浪漫暧昧去幻想美好的未来呢？

至少，小北不敢这样想。

她想，像林朗这样条件优越的男人，在上海会有大把的女人围绕着，而她所能拥有的也许只能是这一周的回忆吧。

很多事的发展完全不能用逻辑来解释，爱情尤其如此。

小北从成都回来后，每晚习惯性地跟林朗聊天。他们无话不谈，从工作琐事到人生理想，甚至两性关系。

有好几次小北想告诉他她喜欢他，但都没有付诸实践。

这样的状况撑不过两天，因为林朗会主动问她："你怎么不理我了呀？"

时好时坏，这样的状态一直持续了一两个月。

两个人对对方的称呼也从"林朗"变成了"朗"，"小北"变成了"小傻瓜"。

可是，总是缺了点什么。至于缺了什么，小北也不明白。

两个月后，小北订了一张飞往上海的机票，下了飞机给他打电话说自己过来出差。

林朗问："订好住的宾馆了吗？"

"没有。你有好推荐？"她说。

"要不，住我家吧？"他试探性地说。小北点头如捣蒜，"好呀。你会不会是大色狼？"

"我要是的话，在四川早就得手了。"他故意气她。

林朗的家设计感极强，大约跟他的职业有关。家里被他收拾得十分干净。她说："我觉得你应该是处女座才对。"

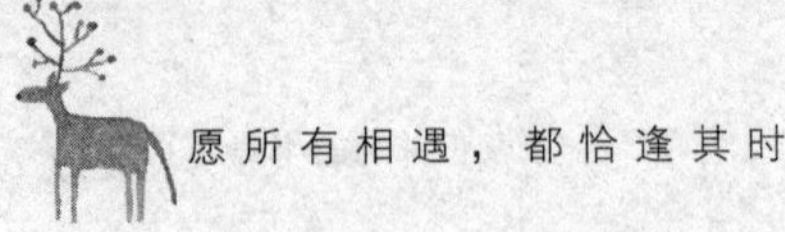

“怎么？我有那么吹毛求疵吗？”他问。

晚上他借着一点酒气抱住她问：“你为什么来上海？”

“我不是告诉你了吗？出差。”

“骗人。哪有出差像你这样的？连个宾馆都没订好。”

“我……”小北被问得无言以对。

“我如果告诉了你，你不要生气。”小北一副低声下气的口吻，“我来上海看你。”

林朗一脸坏笑，“为什么要看我？我有什么可看的？”

“想你呗。”小北打算豁出去了。

小北不说话，低着头不住地绞着自己的手指。

她绝望地想到她对他来讲不过是个主动投怀送抱的傻女人吧……

他一点也不爱你。在爱情里，从来没有被动的男人。她这样告诉自己。

“小北，你是个好女孩。你可能误会我的意思了……”

小北站在那里，突然觉得自己来上海太冲动了，好像自己整个人都成了个笑话。

她想高昂着头颅说：“对不起，是我看走眼了。”可是，她说不出这样的话，她从来不是这样骄傲的人。

林朗过来拥抱她，被她一把推开了。

“我没说不喜欢你呀——只是，我现在真的不想谈感情，头疼。”

他确实应该感到头疼。他没对小北说实话，其实他去成都的时候，正跟自己的女友冷战，他女友打算去美国读书，将来也不打算回来了。

他一直在权衡，权衡所有的一切。

后来他跟小北每天晚上都会聊天，像是有说不完的话。那时，他的女友已经启程去美国了。

他想，也许是小北将他从稀烂的感情里拉了出来。原本他以为会十分痛苦的分离，怎知竟是这样轻而易举，就像一株外面看着还很粗壮茂盛的大树，内里却被虫子蛀空了，遇到一阵狂风暴雨就会应声而倒，露出令人瞠目结舌的伤疤。

他对小北说的话都是心里话，他不是不喜欢她，是心理上还没有准备好。

他跟小北不同，他习惯自我保护，从小时候母亲的离去再到如今相处七八年的女友离去，每一次分离都让他如履薄冰。他是个缺乏安全感的男人，缺爱的男人，不懂如何付出爱。他羡慕小北那样热情诚挚的性格。

小北说：“我明天就回京。”

“我回去后可能一时半会儿还不能习惯，如果我忍不住给你发信息或者打电话，你不要理我就好了……如果，我对你说一些不合时宜的话，你就当没看见。”她一边说一边哭，眼睛红肿得像个桃子。

最后，她对他惨淡一笑说：“谢谢你这么久以来给我的安慰。认识你很高兴，真的。”她说的话就像诀别一样。

第二天林朗开车送她到机场。在安检门口，他张开双臂说：“拥抱一下吧。”

小北笑了笑，走过去被他一把抱住。

她又弄脏了他的衬衣。

在错的时间遇见对的人，这是上天对世间男女最大的惩罚吧。

小北说到做到，没有再给林朗发一个信息。林朗也没给她发任何消息。这个人就像一阵风一样，突然就消失得无影无踪。

有时小北深夜突然醒来，都怀疑这个人是否真的存在过。

每当这样的时候，她就打开手机翻看他们从前的聊天记录，看到好笑的地方她还是忍不住放声大笑，然后看着看着就泣不成声。

实在忍不住了，她就给林朗发个信息，说她很想他。林朗很守信，权当没看见，一个也不回。

又过了半年，小北给他发的信息越来越少。

最后，小北将手机里唯一的一张合影也删了。一干二净。

她又像个正常人一样大吃大喝，像从前一样吆三喝四，周末跟朋友出去吃饭逛街，周一到周五挤地铁的时候，她会想起林朗，他不用挤地铁。

然后她敲敲自己的脑袋，跟自己说你跟他明明就不是一个圈子的人。

她依靠对自己的打击和对林朗的鄙视，安稳地度过了一年没有爱情的生活。

一年后，甚少联系的林朗给她发了条莫名其妙的信息："你还想听到当初的回声吗？"

她一时没明白，给他回了个疑问的表情。

林朗说："看来，即便是热情如你，也总有火焰熄灭的一日。"

小北没搞懂，直接给他拨了过去。

"什么乱七八糟的呀？"她问。

"你还记得我们在九寨沟的时候，你告诉我说如何对大山喊话吗？"林朗说。她有一年没听过他的声音了。

谁都以为这一切注定无疾而终，怎知他偏要搞一出峰回路转。

"怎么了？"小北的声音因为激动稍微变了声。

"如果我现在喊一句'莫小北，我爱你'，大山还会不会给我一样的回声？"

小北的心似是漏了一拍，“我不知道，因为我不是大山。”

“小北，原谅我这个慢热的人。”

小北想告诉他说一点也不晚，可她就是说不出口，她哭着说：“不是任何时候你对着大山喊话，大山都会给你答案的。”

林朗说：“小北，我现在可以见你一面吗？”

没等小北回答，他自顾自地说：“我在北京，今天下午刚到。就在你住的地方附近，我记得你跟我说你住在清华附近，对吗？你没搬家吧？”

“嗯。没有。”

二十分钟后，在夜色中，小北一眼就看见了穿着格子衬衣的林朗，他站在一排杨树的下面，冲她微笑。

小北站在距离他五十米的地方停住了。林朗的手机收到一条信息：“过去，一直是我主动靠近你。这一次，你能主动靠近我吗？”

林朗一阵风似的跑过来。

他给了她第三个拥抱，而她第三次弄脏了他的衬衣。

亲爱的，有没有人告诉过你傻人有傻福？

爱情里，唯有傻瓜能得到幸福。

你以为的爱情，不过暧昧一场

她一向欣赏有学问和风度的男人。

所以，她在初中时欣赏和蔼的数学老师，在高中时欣赏严格的班主任，在大学时欣赏广播学授课老师；如今读研，她开始欣赏授课条理清晰的教授。

在下课之前，教授罗列了长长的书单，并布置了与课堂内容有关的两篇论文，要求学生在两周之内完成。坐在教室的同学听到后，叫苦连天，唯有她默默记下那些阅读书目，以及论文的题目。

当同学三三两两结伴逛街时，她总是拿着笔记本，带一杯水，泡在图书馆里。有时，她穿梭在书架中，寻找记在本上的书籍时，会碰见前来借阅书籍的教授。每当那时，她会小声地叫一声老师。教授向她点点头，叫出她的名字。在不打扰别人的情况下，他们会站在书架与书架的空隙间，交流一些学术问题。

她的心忽然就活泛起来。这个教授和别的教授不同，他从没有高高在上的姿态，懂得和学生交流。走出图书馆时，他习惯将借来的书夹在腋下，有学生和他打招呼，他便点头示意。他50多岁的年纪，两鬓的头发已经零星发白，身上的西装有些发旧，没有系领带，但依旧给人玉树临风的感觉。

等他走远，她仍愣在原地张望，回过神来，才笑笑，心想自己不过是他的一个学生，而后继续在书架上寻找自己写论文需要参考的书籍。

研一将要结束时，学生需要选研二的课程。

她的兴趣在广播学上，而那个教授的课程是汉语言文字学。即便如此，她仍选了他的课程。

从研一开始，因为从来没有逃过课，交上去的论文也并非东拼西凑，教授很轻易地记住了她。而被他记住，也正是她隐约想要实现的小愿望。

没有课的时候，她最喜欢泡在图书馆中，因为那是最容易制造偶遇的地方。她时常坐在椅子上，透过层层叠叠的书架，看着教授找书、看学术杂志、印讲义。

认真的男人，是最有魅力的。她越来越欣赏他。

按捺不住自己想和他说话的心情时，她便找一个问题，走过去和教授探讨。

被人需要时，往往能感受到自己的存在。因而，当她问问题时，教授从未感到疲倦与厌烦。

研二那一年，她在国家期刊上发表了一篇论文，再加上成绩优秀，很轻易地便获得了八千元的国家奖学金。

请要好的同学吃过饭后，她犹豫许久，终将短信发送出去。短信中她小心翼翼地询问，告诉教授自己获得奖学金，想请他吃一顿饭，以表谢意。

在等待回信的过程中，她焦虑、急迫、惶恐，同时无端怨恨自己反应如此激烈。同学们经常开玩笑问她，是不是迷上了文字学的教授，她总是附和着他们，高调地点头。因她明白，愈是红涨着脸否认，这些起哄的人们愈是叫嚣得厉害。

然而，能欺骗别人，却没有办法欺骗自己。当短信铃声响起时，她甚至因为害怕被拒绝而不敢看。直至手中的那篇论文收尾后，她才打开手机。

教授没有同意一起去外面吃饭，而是邀请她周六下午到他家做客，并附上家中的详细地址。

是的，她忽然记起，教授有自己的家庭，有妻子和孩子，而自己是他许多学生中的一个。

那天下午四点钟，她搭乘地铁来到他住的小区。门铃响了三声后，教授亲自来开门。

他妻子从厨房中走出，围着溅上油渍的围裙，稍微一笑眼角便聚积起鱼尾纹。他的女儿大概比她小几岁，一脸无忧的样子。教授一边倒茶，一边说自己还有个儿子，在国外留学，一年回来一次。

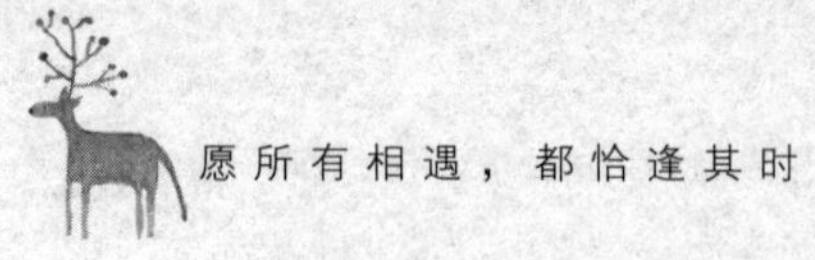

很普通的一个家庭，很普通的一顿饭，她在感动的同时，忽然兴致全失，怔怔地想要落泪。

脱去教授那重身份，他只是一个平凡的丈夫和父亲。或许，唯有平凡，才更容易维系一段细水长流的感情。

大致七点钟，她起身告辞，在教授连同家人挽留一阵后，她便走出他家门。在去往地铁的路上，有人从背后扶住她的肩膀，她回过头来，看到教授的脸，忍了许久的眼泪夺眶而出。他说第二天要做一个报告，需要回学校拿一些资料，顺便开车将她送回去。

霓虹闪烁，她坐在副驾座上，无声地望着窗外。反倒是教授时不时问她，今晚的饭菜是否吃得惯，老家在哪里，毕业以后有什么打算，而她只是意兴阑珊地回答。

抵达宿舍楼下后，他们握手道别。他的手强大，有力。

转眼间，她和众多同学穿着硕士服坐在学校的礼堂里，参加毕业典礼。

教授将她戴在头上的硕士帽的流苏从右边换到左边，继而向她伸出宽大厚重的手掌。她没有接住这只手，而是靠进他的怀中，把眼泪落在他的衣襟上。

再见。

毕业后，她留在本市，进入一家广告策划公司。

在那些忙忙碌碌的日子里，她谈过几个男朋友。现实中的人们总是企图在爱情中寻到某种看得见的利益，想要的太多，付出的又太少，因而感情总是无疾而终。

兜兜转转之后，在一个周末，她又来到读研时的学校。

走在校园中，似乎一切都没有变。年轻的情侣，张扬着令人羡慕的爱情。教学楼前面的树，枝繁叶茂。图书馆的台阶上，人们抱着书来来往往。

记忆中的东西，在现实中找不到了。

她怏怏地向学校外面走，走到教职工办公楼时，忽然看到教授从车里走出。在他匆忙拐进办公室之前，她奔跑起来，停到他面前，像以前那样叫了一声，老师。

心与头发一样凌乱。

教授在原地愣了一会儿之后，终于记起了她的名字。

她又哭了，像是一颗飘零的心在瞬间找到寄托。

她已经毕业，他不再是她的老师。

在一家餐厅里，他们第一次相对而坐。

她喝了一点酒，手心与鼻尖渗出些许汗珠。趁着微醺的醉意，她摇晃着酒杯，小声地对他说出自己的心意。

她并没有什么奢望，只是想单纯地告诉他，仅此而已。

他听到后，稍稍一怔，桌上的杯子很轻微地震了一下，许久没有说话。

她叹了一口气，准备提着包结账时，他忽然拽住她的衣袖，她复安静地坐下来。

他告诉她说，大概在七八年前，他曾与自己的学生相恋。他妻子知道后，并没有大哭大闹，只是给教育部写了一封信，说他有这样的行为不适合做大学教授。

在信笺未寄出之前，她将其复印一份，托人交到那个学生手中。那个学生看后，为了他的名誉，也为了保住自己的学位，主动断绝了与他的来往。最终，那封信被妻子锁在抽屉里。

她问他，是否喜欢过自己。他只是说，他希望做一个平凡的丈夫，一个能教书的教授。

一切都很明了。

博瑞尔·马卡姆在《夜航西飞》中写道：“如果你必须离开一

个地方，你曾经住过、爱过、深埋有你所有过往的地方，无论以何种方式离开，都不要慢慢离开，要尽你所能决绝地离开，永远不要回头，也永远不要相信过去的时光才是更好的，因为它们已经消亡。”

她走出餐厅，被四面八方涌来的寒风包围。

这一场一厢情愿，终于有了了结。

我们都过了耳听爱情的年纪

她有一个好听的名字，静秋。跟《山楂树之恋》的女主角的名字一模一样，只是没有遇见老三那样痴心不悔的恋人。

为此，她时常嘲笑当年取名字的父亲。

静秋是苏北人。她家里重男轻女，父亲是被宠大的一代，于是父亲接着宠哥哥。

哥哥不争气，吃喝嫖赌抽，样样精通。

从她上初中开始，这样的画面就像电影里的特写一样不断重复上演：母亲一边气得发抖骂着哥哥，一边拿着布满老茧的手抹眼泪。

哥哥一开始是沉默，后来被骂得狠了就会露出嬉皮笑脸的嘴脸，冲全家人吼：“你们反正看不惯我，那就让我被砍死好了！到时候也不用你们去收尸，直接扔江里好了！”

父亲呵斥一声，终于归于沉寂。

静秋的家在长江边，她喜欢听轮船的汽笛声，她也喜欢夜晚。母亲告诉她说她是中秋的晚上出生的，读过高中的父亲才给她取了这样文艺的名字。

静秋读高三那一年，哥哥突然“改邪归正”。他每天不再赌牌，而是收拾停当骑着摩托去镇里找一个打扮得十分妖娆的女孩子。静秋认识那女的，在镇上一家美容美发店里工作。

“静秋，书不要念了。我们家这个样哪里能供得起你读大学？再说了，女孩子家读那么多书做什么？将来早晚都是人家的人……”父亲蹲在地上，嘴里抽着五块钱一包的烟。

静秋一听血就往上涌。“凭什么不让我读书？！别以为我不知道你们的打算！哥哥要讨老婆关我什么事？！”

“啪”，一记响亮的耳光打得静秋天旋地转。

静秋直愣愣站在原地，一双青杏眼瞪着父亲像瞪着仇人。她瘦弱的肩膀不住发抖，她没有哭，只是眼泪汩汩地往外流。

她也不去擦拭，站在院子里把自己站成一根木头。

母亲只是哭。

静秋的内心很矛盾。有时她十分同情母亲，一辈子操劳，伺候父亲和哥哥，一生给自己买过的衣服最贵没超过五十块。

她的手里从来没有钱，买一袋盐的钱都要伸手向父亲要。

父亲说：“你妈妈太老实了，没得用，不能给她钱用，给她钱等于送钱给别人。”

母亲听了顶多撇撇嘴，讪笑一下。

静秋恨父亲重男轻女，恨哥哥不学无术，恨母亲懦弱无能。

最后，她连自己也恨上了，她恨自己为何不是个男人？！

一家人都觉得奇怪，静秋要么不说话，要么开口就是噎死人的话。

母亲私底下跟大娘说静秋太要强了，女人太要强不好，迟早吃亏。

她这是用自己妥协的一生总结的经验。可惜女儿不领情。

话被静秋听见，她不以为然，嗤笑母亲那一套太落伍。

乡村的事情就是这样，上午谁家杀了一只鸡，下午就传遍全村。

掌灯时分，静秋家的院子里站了三三两两的乡亲。静秋知道他们都是来看热闹的。

人群里有个瘦高的男生，跟静秋读一所高中。静秋是文科班的尖子生，他是理科班的尖子生。庄上的人都叫他大北。

大北姓江。因为在江北，所以就取了这样一个名。大北的父母大约没想到后面还能再生个男孩，这下取名这件事可难倒了他们。叫江南吧？明明是生在江北的，但总不能叫江东江西吧？大北的父母在“东西南”中权衡再三，最终大北母亲一拍大腿定了案：“就用江南！这孩子将来必定去富裕的江南生活，比我们强！”

“叔叔，静秋学习挺好的……”大北率先开了口。静秋父亲斜着眼瞥了下大北，嘴巴都没动。大人说话的场合，哪有你小子讲话的资格？

大北妈妈笑眯眯望着一群人，阴阳怪气地说：“他二爷，要我讲呀，女孩子读书是没得多大用处，赔钱货嘛。她哥哥结婚要紧的哩。”

静秋冷得像冰锥一样的目光射向她，她也不羞不臊，依旧笑嘻嘻。大北为他的母亲感到难为情，原本想要说她两句，看见静秋那道目光，如芒在背。他脸一冷，开口说了句：“妈，这是人家家事，我们走！”

“好走，不送！”静秋冲他的背影喊了句。

她总这样。

哥哥的婚事黄了。

静秋得以继续读书。

从此，她的耳边少不了这样的话：“要不是因为你，人家女方考虑将来还要供你念书……”她欠了哥哥一笔债。

大北上了北大，学化学。

静秋上了北师大，学中文。

军训结束后，大北到北师大去找静秋。静秋记得一年多前他母亲的那番话，避而不见。

大北后来打过两次电话到她宿舍，每次都不是她接的。

舍友告诉她说你那个北大才子来电话了，让你给他回个。静秋冷笑一声：“什么叫我那个呀？我跟他没关系。”

“切！”舍友哄笑一阵，“那你干吗还老在我们面前说他这样好那样好呀。”

静秋无言以对，只好抱着一本小说把头往被窝里一缩。

事情起了变化是在大一寒假快来临的时候。

有天晚上大北从实验室回宿舍的路上，接到静秋的电话，准确地说，是静秋舍友打来的。“江北，静秋昨天阑尾炎开刀子，在北医三院……”下面的话大北已经记不清了，他宿舍都没回，骑上自行车径直就去了北医三院。

大北红着鼻头推门进去的时候，静秋正卧在病床上发呆。静秋木呆呆地望着大北，然后将头一扭两行清泪就顺着她那张清秀的脸滴滴答答地落在枕头上。

大北冲她笑了笑，走到她身边，也不等她开口自己就朝床上一坐。

“谁让你来了？”死鸭子嘴硬，大北心想，静秋就是这样。

大北说：“我不来哪个来呀？”

“呸！愿意过来的人多着呢……”还是嘴硬，从来不肯认输。

“有吗？我怎么一个没见到？”大北揶揄道。

静秋本来已经不哭了，被他一气眼泪又刷刷落下来。她抡起拳头砸向大北的肩膀，口里骂着他说：“那你走呀，我又没要你来！”

拳头被大北攥住了。大北一把抱住静秋说：“我不走。我来都来了。”静秋在大北的怀里嘤嘤哭泣。

此后一周的时间里，大北常常骑着一辆不知几手的自行车往返于北大和北医三院之间。静秋说：“天那么冷，你要不就别来了。”

大北总是用那句“我来都来了”回答她。静秋说：“那你坐公交来吧。”

大北就说天天在教室里都没空活动，这点路程就当锻炼身体了。

静秋说不过他，只好由着他去。

大北给静秋交了住院费——他替她还给她的舍友们。好在他做家教搞兼职赚了点钱。

他每次过来的时候，总会从兜里摸出来一点小玩意，有时是一个水果，有时是一块巧克力，变戏法似的。他走后，同病房的一个老太太说：“姑娘，小伙子很不错呀。”

静秋被说得不好意思，脸一红低着头嘿嘿笑了两声。

她舍不得吃。下一次大北来的时候她再命令他跟自己一起吃。

大四的时候，静秋跑到动物园那边买了毛线和毛衣针，花了两天学习针织，又花了一周时间给大北织了条围巾。白色的，静秋想着大北围上这样的围巾，在未名湖走一圈真有时空穿越的感觉呢。

大北喜滋滋地接过去，每天都戴着，除了脏了的时候，静秋拿回去洗一洗。针脚稚嫩别扭，有两处还走错了，大北不以为意。

大北宿舍的兄弟管他的围巾叫“温暖牌”，他听了乐得跟个什么似的。

两个人一直没有公开。静秋隐隐地感觉大北的妈妈不喜欢自己。

大北母亲拿着那条已经隐约泛黄的围巾大骂：“哪个不要脸的狐狸精给你的？！”

大北脸红脖子粗跟母亲对着吼：“妈，你说话能不能不要这么难听？什么狐狸精不狐狸精的！”

人人都知道大北妈指桑骂槐，有好事的把话传给了静秋父母。

静秋妈气得哭红了眼睛：“什么人不找，你非要找她的儿子？你说！你说！他哪里好？”

静秋不吱声。

“丫头，你听我一句劝，跟大北分了吧。有他妈妈那样的婆婆你没好日子过。”

静秋说了句我知道了。

大北再去找静秋，静秋一律不在家。

年后返回北京时，静秋一个人悄悄地走了。

大北给她发信息她不看不回，直接删除。

大北给她打电话经常关机，再后来号码也换了。

大北去北师大找她，她宿舍同学说：“你还不知道吗？静秋搬出去住了。”

静秋成了断了线的风筝，大北再也找不到她了。

“大北，你怎么回事呀？保研不要，现在也没见你找工作。”一个刚拿到offer的兄弟问他。

大北笑眯眯说：“嗨，找工作不着急。”

大北给静秋一个女同学发信息：“知道她去哪儿了吗？”

半个月后。

当年那个告诉他静秋生病的女生发来两个字：“深圳。”

大北在深圳一家央企谋得职位。

后来他从乡亲口中探听到静秋在深圳一家报社工作。

他们在同一座城市工作了六年，没有见过面。

六年间，大北的弟弟江南大学毕业又继续读了研究生。

静秋的哥哥终于结了婚，静秋掏的钱，给哥哥在县城买了套婚房。

静秋自己身无分文。

大北在深圳买了房，静秋妈妈打电话告诉她，她说：“行了，知道了。”

又过了一年，静秋妈妈告诉她大北在深圳买了车。

母亲顿了顿，继续说：“你年纪也不小了，总该找个对象结婚了吧？给你介绍你老是说不要……”

咔嚓一声，静秋挂断了电话。

她心里烦自己的家人。

她很少回家，即便回去也不会选在春节。

大北的心每年都在春节起伏一回。

大北要结婚了，对象是广东本地人。大北母亲眉开眼笑，四处跟人讲他们家大北如何出息，老丈人家有好几栋楼光吃租金都吃不完……

静秋回来了。

静秋母亲打电话让她回来的，没告诉她大北结婚，只说她嫂子生了，她休假正好回家一趟。

静秋在心底第一次感激她的母亲。母亲这是想替我了断呢，她忍不住笑出来。

大北结婚前一天，静秋前脚进家门，大北母亲后脚就跟了进来。

“静秋呀，你回来啦？回来得正好，明天是我们大北大喜的日子，我来请你们喝喜酒。一家人都过去哦。”

静秋妈妈说：“我就不过去了，我要照顾孙子。”

“我去！”静秋面无表情地说道，一屋子的人都愣住了。

“好，好，好！”大北妈在一连串的“好”字中退出了静秋家的老房。

新娘子瘦而黑，颧骨微高，眼窝深陷。她穿着红色的“小凤仙”，挽着大北的胳膊穿梭在酒桌之间。

到静秋这一桌，她的一双眼一直盯着静秋，别人道喜的话好似飘在耳畔。

隔着人群，大北找到了静秋。

她今天刻意打扮了下。一条大红的棉裙子像泣血的杜鹃，微卷的长发披散着，眼角竟然有绵密的细纹！

大北的心一阵抽搐。

静秋望了他一眼，眼睛里像要升腾起雾气。

“来，谢谢大家！吃好喝好呀。”大北开口了。静秋举起酒杯一仰头喝个干净。

她喝得太急了，呛得慌。血气涌上她原本苍白的脸，大北想递给她一张纸巾，一只手在裤兜了辗转了半个世纪那么久，终于还是一脸微笑从她身边走过。

“这是你那条‘温暖牌’围巾不？”新娘子站在屋子一角嗤嗤笑着。这是她收拾行李时从衣柜一角摸出来的。

大北有些尴尬，伸手夺了过来。当年的纯白色渐渐变成米黄色，深一块浅一块。

他大踏步往院子外面走。母亲在身后喊："你拿着那条破围巾干什么？"

"江边冷！"大北丢下一句话径直走了。

夜里，静秋做了一个梦，梦见大北反反复复说着一句话："我不走，我来都来了！"

往事不回首，余生不将就

朋友小薇是个痛快人，快言快语，讲起话来语速极快像竹筒倒豆子，性格爽利，做什么事情都图快、准、狠，跟她的职业一样。她是金融领域里的杜拉拉，急性子，指望她等你，门都没有！

她跟你约会吃饭，你千万别迟到，如果迟到三分钟以上你就要做好挨批的准备。我也讨厌别人迟到，自认是个守时守信的人。然而，有时难免有事情耽搁了，即便不是事务缠身，城市交通也是令人心惊胆战。在守时守信这个问题上，有时竟是我们做不了主的。想起这些有些忧伤，我们常自称是这个星球的主宰，然而我们能主宰的事情又有哪些呢？我们连自己的命运都主宰不了。

很多事情，我们都做不得主，只是被时代被社会推着往前走。人人像蝼蚁般在时代的巨涛中挣扎，奋勇向前，末了，常发现一切都是徒劳。现实像一张网，网住了我，网住了你，也网住了尘世间的所有红男绿女。

就像这个急性子的小薇，不顾一切的小薇，总以为能够掌控一切的小薇。

所以，我若跟她约好一起吃饭逛街之类的，通常我要比正常时

间早到半个小时以上。

我宁愿早到等她，也不愿挨她的批评。

没错，她就是传说中的工作狂，工作占据了她九成以上时间，她像灭绝师太一样惹人厌——事实上，她时而享受这种孤独感时而厌恶自己的各种作。

她干什么都是来也匆匆去也匆匆，有时，明明我们正喝着咖啡，她接了个电话，马上拎包走人，一点情面也不讲。

我曾经说过她："你这样的性格活该单身！你眼里只有工作，连朋友都不顾了，哪有男人受得了？"她就嘿嘿一笑说："工作比男人重要，姐们，你迟早有一天会明白的。你不工作，把自己的未来交给某个男人来裁定的时候，你迟早会后悔，到时你就发现你的脑门上自动贴上两个字。"

我凑上前问："哪两个字？"

"傻瓜。"她哈哈大笑。

她就是这样一个人。

然而，从前她不是这样的。至少，两三年前的她不是这样的。那时，我刚认识她不久。

那一年，小薇大学毕业不久，在某外资银行工作。这份工作听起来十分光鲜靓丽，然而全是拼命，拼人脉、拼美色。她长得一般，黑、瘦、小，可是身体里总有股不服输的劲儿。她说自己就像岭南随处可见的小强一样，打不死的小强。

就在她刚过试用期的时候，她认识了具备高富帅潜质的林风。

林风名校硕士研究生毕业，刚考上公务员，在市政府工作，长得一表人才，外表风流倜傥，十分重视自己的身材，每周都要去健身房锻炼。她遇见林风，正是他有着八块腹肌的时候。

小薇之所以会认识林风，全是因为她去拉业务，存款啦，信用卡呀，五花八门，什么都行，只要人家给钱。

她曾经开玩笑说自己的工作就是，每天把自己打扮得光鲜靓丽，然后用所谓专业知识武装自己，“引诱”那些看起来消费得起她的客户。

在她眼中，林风这个潜力股自然是有这个能力的。因而，她从认识林风开始便铆足了劲，准备与林风过招。他们俩像武林高手一般，棋逢对手，交谈内容从最初的业务到各自的工作，接着又从人生理想谈到爱情经历。

他们交谈的场所也变得越来越私人化，渐渐地从咖啡馆到了小薇租来的单身公寓。慢慢地，小薇口中提起林风这个名字的次数越来越多。

两个月后，他们顺理成章地成为男女朋友。

小薇当时的心像晴日里天边的云彩，曼妙多姿随风摆荡，林风就是那阵风。

他带她去逛万象城，在哈根达斯的店铺前，她站在那里，嘟着娇艳欲滴的红唇，用嗲得发腻的声音说：“亲爱的，我要吃这个。”

林风二话不说掏钱给她买了。小薇后来欣喜地到处晒恩爱，她说：“你知道哈根达斯的广告语吗？”我摇摇头，表示一无所知。她得意地说：“爱我就请我吃哈根达斯。”

爱情的世界往往就是这样，当时怎样快乐过后就有怎样痛苦，出来混总是要还的。爱情尤其不讲道理，不是你付出多少就能收回多少。它不像数学，从来不是一加一等于二这样的绝对等式。

有时，明明赠出去的是“呕心沥血”，老天回赠的却未必是“肝胆相照”。你本将心向明月，奈何明月照沟渠，这样的事情，在感情世界里并不新鲜。

小薇与林风的爱情进行得如火如荼。我有个朋友正好跟林风在一个单位，某次八卦的时候，他向我抱怨说，林风这个人行为不检，经常带女孩子回宿舍。这本来没什么大不了的，使他吃惊的是他每次换着带不同的女孩。

他跟林风住在同一层楼。我有些埋怨他将消息告诉我，这使我变成一个藏着秘密的小偷，要么将秘密公之于众——所谓“众”就是小薇，要么我永远背负朋友的秘密继续面对小薇的快乐。

我左右为难，举棋不定。每一种选择看似都有道理，可是，最后我又有一万种理由自我说服继续保持现状。

幸福，有时薄如蝉翼，别人何必多此一举呢？

可是，知道秘密以后再次面对他们时，我的脸像是从韩国整容回来一样，笑也不像，哭也不像，常常用一种奇怪的哭笑不得的神情望着小薇。

小薇以为我心情不佳，有时反而加倍安慰我。她以为我是因为自己单身，羡慕嫉妒恨，所以极力让林风推荐他的朋友给我认识。

后来一个偶然的机会，我被解放了。小薇在他的住处发现了女人的口红，一支用过的口红，一支当时的她还舍不得买的口红。她大哭大叫，像世界末日一样，哭着问林风为什么。

林风没有辩解。

她对着我哭诉：“你知道吗？我多希望他说一句你多心了。可是他没有！他甚至连挽留我的意思都没有了！我知道他压根就不爱我！”

那段时间，小薇像一切失恋综合征患者一样。她常常半夜三更给我打电话哭诉，一会儿控诉林风的薄情寡义，把他骂得狗血淋头，一会儿又提及从前他对她的好——尤其给她买哈根达斯那次。每每跟我提及，我头比她还大。

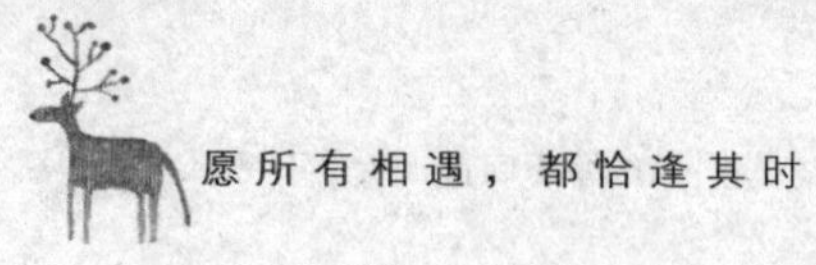

一开始，我骂林风。后来我发现，这一招根本不起作用。我骂他，她却反过来护着他，说他并非如我所讲的那样，他不是人渣云云。

我开始换个方式，骂小薇没出息。

可是一开始她只是哭，没有任何反应，然后大喊一句，“我怎么会爱上这样的男人呢？一定是我自己出了问题！”

发现她软硬不吃之后，我开始变得十分烦躁。我害怕接到她的电话。

可是，她是个失恋的人，我不能对她进行抱怨。后来，我把手机听筒打开，她讲她的，我睡我的。她问我的时候，我仅仅需要给她“嗯”“啊”之类的回答就可以。

再后来，经验多了，我开始明白这一个铁的事实：一个失恋的人向你倾诉的时候，她需要的不是你的意见，而是你耐心的耳朵。你所有的意见都顶不上一句话，这句话就是——他还是爱你的，对你还是有感情的！

失恋的人像溺水的人一样，在奋力挣扎中，她需要最后一根救命稻草。这根救命稻草往往是她的自我麻醉——他还爱我，他这样做自有他的苦衷。

她活在自己编织的肥皂泡里。虽然迟早那个肥皂泡会不攻自破，但是我不能做那个戳破的人，事实上，别人戳多少次也没用，无论用多大的力量。

她住在一个精美无比的城堡里，她是城堡里唯一的主人。这个城堡里充满美好而伤感的回忆，她故步自封，不愿意踏出城堡一步，时刻等待着回忆里的人回心转意。

她独独忘了城堡的墙不堪一击，那只不过是一层颜色绚丽的肥皂泡而已。

然而，她甘心情愿待在那里。

小薇的失恋进行曲十分曲折动荡。她一会儿一个主意，今天她要你给林风带个口信，明天她说要请你吃饭，结果她希望你邀请林风一起。

我尽力满足她的各种“无理要求”。

有一回，要过中秋。她打电话给我，说要送我一盒月饼，银行发的过节礼品。我又一次去了，结果我请她吃饭花了两百块，而我收到的是一份不知从哪儿来的月饼。她不好意思地掏出另一盒包装精美的月饼，香港某著名品牌，然后说：“你帮我把这个交给他好不好？”

我顿时火冒三丈，让她还我请客的两百块。她就跟我哭穷说：“亲爱的，求你了，我的业务才刚起步，一个月工资才几千块钱。”

我无奈地翻翻白眼。

这样的事情我做了好多次，吃力不讨好。

林风每次收到的时候都是随手一丢，看也不看。

当小薇问我林风是不是很喜欢她的礼物的时候，我还得说喜欢喜欢。

我真厌恶自己。

这样纠缠一年以后，渐渐地，小薇的各种奇葩举动变少了。她的工作越来越出色，我们终于可以平静地讨论林风了。

她也会骂他人渣，然而，据我的观察，她对他仍然有很深的感情。

感情的事情，从来都是解铃还须系铃人。

又过了一年，林风订婚了，对象是个客家女人。他将婚纱照放在空间里。小薇看见了，冷冷一笑说：“我以为他要找什么样的呢？还不就是这样的普通货色！”

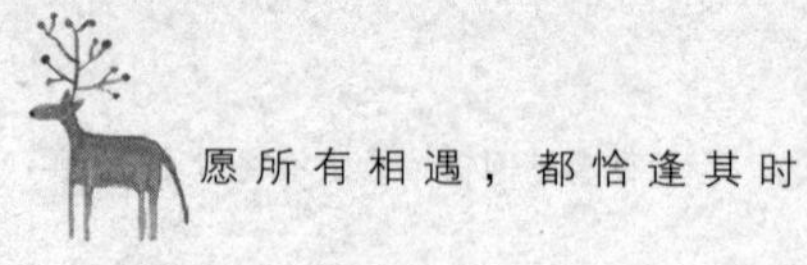

她愤愤不平。

女人，永远会跟自己爱过的男人的女人攀比。有时她们攀比工作收入，有时她们攀比美貌，有时她们攀比才华。

其实，当一个男人不爱你了，这些所谓的比较又有什么用呢？

他不爱你，纵使你貌若天仙，富可敌国，才华横溢，统统无用。

她看见林风老婆的照片后，忽然一下子生出许多的自信来。她觉得原来林风的审美眼光竟然那么差，这男人也真够差劲的，才会看上那样平庸的女人。

她的失恋症状终于好了大半。我真没想到替她治愈好失恋症状的竟然是林风的老婆。

可是，她心中究竟还是会有不甘。

又过了一年，林风结婚了，胖了不少。

她再一次逛他的空间，见到他发福的照片后，心情大好，告诉我说，她彻底解脱了。

她不停地笑着追问自己：天呀，我小薇女王怎么会看上他那样一个痴肥的男人呢？

谁知道？

越过谎言去拥抱你

他在她的额头印上一吻，然后拿起外套冲到街上，拦下一辆出租车。

回家，他要回到有苏子薇的家。

卓然和叶一秋在微信上聊天已有一年的时间，从未见过面。

他们每天聊天的时间并不固定，但多半在晚上十点钟以后。当然，在早上上班前偶尔说一句早安也是有的，但这种情况少之又少。

他们更像是对方的出气筒，把一天之中郁积在心中的怨气和不满，一字一字输入到微信的对话框里，比如，挤地铁被一个女人的高跟鞋踩了一脚，月末那一天迟到了一分钟而没有拿到全勤奖，领导心情不好而迁怒于自己的业绩，物价涨了而工资没涨，下班回家途中堵了半个小时，朋友圈里有太多的人晒旅行照。

他们把这些负能量通通发给对方，对方接收到后也并不好言相劝，而只是兀自诉说自己的烦恼。

因为是陌生人，彼此没有交集，以后也不会有交集，所以他们放肆地任唾液横飞，毫无保留地把自己的生活和盘托出。

不必有什么顾虑，他们看不见各自的脸，不知道彼此在哪个角落里苟活。

每次说完，他们都感到前所未有的畅快，觉得自己又可以和琐碎的生活与糟糕的世界周旋。然后，他们手机屏幕上出现对方发来的“晚安”两个字。于是，他们昏昏沉沉睡去，明天又是新的一天。

他们谁都不想发展出气筒以外的关系，也不想改变最适合他们的这种交流方式。但在不知不觉中，他们已经开始依赖彼此。

是的，怎么能没有依赖呢？过完疲惫的一天，把整个人甩到床上，懒得再说任何一句虚伪和恭维的话，但知道手机里还有一个陌生人准备接收自己的乖戾，心里总会添上三分暖意。

等到困得睁不开眼睛，聊天也就适时结束。他们都感到很知足。

卓然的女友苏子薇一直知道他在微信里和别的女孩儿聊天这件事，而她始终假装不介意。

这是一个手机介入生活的时代，手机在手，足不出户也能看到这变化莫测的大千世界。所以，在情侣关系之外，偶尔有个蓝颜知己或是红颜知己，也并不是什么稀奇的事情。对苏子薇来说，这完全不足以构成分手的理由。

但不分手并不代表全盘接受，也不代表不会吃醋没事儿瞎折腾。

她的头上还写着正牌女友二字，心血来潮的时候还是会不管不顾地拿他有暧昧对象说事儿。而卓然问心无愧，任凭苏子薇在晚上十一点翻来覆去地闹。他知道等她累了，她就会自动盖上被子睡着。

卓然琢磨不透苏子薇的心思，有时她大方至极，甚至一到晚上十点就会提醒他去聊微信；有时她又极其吝啬，为了不让他聊微信一整晚都霸占着他的手机。

卓然把这种情况说给叶一秋听，问是不是所有的女人都这样喜怒无常。叶一秋很肯定地回答："是的。"卓然又问，为什么感觉她只有一重性格。她说，是因为离得太远。这种远与距离无关，而是因为不了解。

卓然不服气，明明聊天已经有好长一段时间，但她竟然说他们并不了解。

"怎样才能了解一个人？"他问。

"了解一个人要看运气，有的人终其一生也没有了解与自己离得最近的人。"

"你说话的语气忽然之间跟王家卫真像，我第一次觉得听不懂。"

“什么王家卫。今天穿着高跟鞋踩了一个胖子的脚，感觉爽极了。”

“哈哈哈。这才是我认识的你。”

每个人都害怕熟悉的人改变，所以他们都急于寻找最令他们舒服的相处方式。可是，卓然并不知道最真实的叶一秋是最沉默寡言的。叶一秋也想象不到嬉皮笑脸的卓然曾经追求他的女友追了整整五年。

他们活在自己真实的生活中，也活在对方的想象里。

卓然和叶一秋仍旧像以前那样，把对方当成自己生活中的出气筒，嬉笑怒骂无所不及。

他们是彼此生活中的隐身者，精神上的支持者。

一天晚上，苏子薇回到家哭得死去活来。

卓然急忙关掉爆笑的视频，问她出了什么事情。谁知她抹一抹眼泪，开始讲起同事的遭遇。

我们暂且称呼苏子薇的同事为小D。

在外人看来，小D和她老公情比金坚，相恋三年，结婚两年，只吵过一次架，今年打算生一个可爱的宝宝。然而，她怀孕不过一月，就发现老公的衣服口袋里装着一张酒店的房卡。

他们两人之所以始终维持着令人艳羡的关系，是因为她一直给予他足够多的自由。

小D从来不查老公的通话记录、短信、微信。她站在距离他刚刚好的地方，带着玫瑰色的眼镜看着他，让自己和对方都像一条鱼一样在海域中自由游弋。

他们之间也有不愉快的记忆，但他们是两条鱼，只有七秒钟的记忆。七秒钟过后，他们又是最令人艳羡的夫妻。

然而，自由有一个限度，也要遵循某种秩序。自由过度，必然

要受到伤害。当小D看到她老公口袋里的房卡时，便知道一切都要走到终点。

不是她执意要这样做，而是她知道秩序一旦被破坏，就难以闭着眼睛演下去。

所以，她不动声色地把那张房卡和两张离婚协议书放到她老公面前，看着她老公的眼神一点点黯淡下去，虽然她心疼得难以呼吸，却决定不走回头路。

她老公签字的第二天，她独自到医院把肚子里还未成形的孩子做掉了。

当爱情和家庭都不存在时，其附带物也就没有存在的必要了。况且，她并不想让孩子一生下来就看到这个世界的残缺。

在家里休养半个月后，她提着行李去了很久之前就想去的土耳其。

她说要在那里坐一次热气球，从高空俯瞰这个忙碌的世界，也俯瞰自己渺小的灵魂。

由于她对公司做出过很大的贡献，公司将为她保留三个月的职位。如果三个月后，她没有如期上班，公司只能另觅新人。

而她一定会回去。

此刻，和她相依为命的只有自己，她必须重新站起来。不管生活投掷给她的是伤痛，还是幸福，她都得全盘接受。

苏子薇说完小D的事，用了整整一抽纸巾。

聪明的卓然，自然知道她对他讲述这件事的用意。

他拥有自由，但这自由并非绝对。如果规则被打乱，苏子薇也会做出同样的决定。而他不以为意，因他知道自己从来都是理智型男人，至于微信里的叶一秋，那不过是一个出气筒而已。

卓然把小D的事情通过微信简明扼要地说给叶一秋听。叶一秋却说，是因为小D爱得太深，所以一开始纵容，到最后眼里容不得一粒沙子。

卓然发过去一个笑脸，说她说话又开始像王家卫，故弄玄虚，云里雾里，让人觉得高深莫测。

其实，这些话他都听得懂，只是假装不懂。

他害怕依赖的成分多过吐槽的成分，害怕一定程度的自由在某个不自觉的时刻坍塌成废墟。

于是，他和她聊天的次数越来越少。

每到晚上十点钟，他便故意看球赛，看电影，跑到卫生间抽烟。

整整两周的时间，他的微信里有十四条未阅读的消息。这些消息全部相同，都是“在吗”两个字再加一个问号。

她懂得适可而止，久久得不到回复，便不再说话。当然，她也知道持之以恒的力量，等到第二天，她又以同样的方式呼唤他出现。连续十四天后，奇迹终于出现。

十一点，他在卫生间抽完一支烟，像是决一死战的将士一样打开手机，回复道：

“在。”

仅此一字，已足够山海动容。

“我们见面吧。”叶一秋说。

在某些时候，男人通通是胆小鬼，弱不禁风的女人反而像是背后的披风猎猎作响的超人。

“合适吗？”

“我觉得合适，至于你觉得合不合适，得问你自己，我不清楚。”

“什么时候合适？”

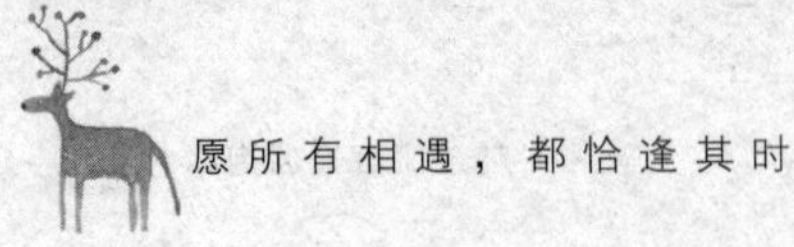

“我觉得任何时候都合适。”

“那你定个时间吧。”

“周六下午四点钟。”

“在哪里见面？”

“我再联系你。”

那一天的对话，就这样结束。该来的，怎么躲也躲不掉。

卓然看看身边已经睡熟的苏子薇，想起她讲给自己听的小D的故事。有些事情，越是害怕，越要发生。

可即便知道事后，生活将面目全非，也禁不住诱惑，一步步向前试探。

周六下午四点钟，卓然准时来到叶一秋所说的咖啡厅。那时，叶一秋早已坐在指定的位置上。

在卓然的想象中，叶一秋是长发飘飘型，虽有点肉感，但不影响凹凸有形的身段。但眼前的叶一秋留着齐耳短发，在阳光下泛一点蓝。他不禁想到四个字：洁静精微。

他想，真实的叶一秋应该像某个有着强迫症的艺术家那般精准且要求无限。

她嘴上涂着樱桃红的口红，让他很想上前咬一口。

她的脸很瘦，脖颈上的锁骨深深地凸显出来。

她先打破尴尬的气氛，向他伸出手。他蹭蹭自己的衣角，伸出手和她握手。那只停留一秒钟的触碰，像是坚冰忽然流动成河。

他问她可不可以吸烟，他紧张的时候就要吸烟。

她指指咖啡厅墙上禁止吸烟的标志，对他说，要不然就换一个地方。

桌子上留下的那两杯热咖啡，慢慢转凉。

叶一秋走在前，卓然走在后。

她在脖颈处应该洒了一点午夜飞行，空气中流动着一种暧昧且浪漫的味道。

她提着手袋，走路时漫不经心，并不时回过头来看他。

好几次，她示意他走上前来，和她肩并肩。但他只是笑，宁愿在她身后肆意地看她。

十分钟后，她在一家酒店门口站定。回头看了他一眼后，她便走进去。

卓然不自觉地跟着她走，脑中回旋着小D的故事。

回到家，卓然看到苏子薇正抱着一桶爆米花看韩剧，地板上散落一地被眼泪浸湿的纸巾。

他忽然感到，这才是有血有肉的生活。

他走过去把地上的纸巾全部捡起扔到垃圾桶内，然后和苏子薇挤到一张沙发里，抢她的爆米花。苏子薇转过头看他一眼，眼神里闪过一丝悲哀，随即又恢复原样。

韩剧里正演到令人捧腹大笑的桥段，而苏子薇哭得一塌糊涂。

他知道，他身上带了午夜飞行的味道。

苏子薇哭过之后，走进洗手间洗了一把脸，出来之后又变得跟没事儿人一样。她不是小D，做不到潇洒地一走了之。

眼前的男人懂得回家，她就愿意留下来和他一起制造人间烟火。

其实，在酒店里，卓然和叶一秋什么也没做。

他们只是越过世间千万个谎言，紧紧地拥抱在一起。

叶一秋说："我一直记得小D的事，但不是每个人都像小D，也不是每段爱情都不沾泥。你我只是萍水相逢，没有那么大的能量抵抗世间的敌意。苏子薇一直在等你回去。"

他在她的额头印上一吻，然后拿起外套冲到街上，拦下一辆出租车。

回家，他要回到有苏子薇的家。

我生命中最壮丽的记忆

阴差阳错，在大学期间，他们通过微信相识。

他在北京，她在湖南。

在日复一日的聊天中，他们对彼此的好感逐渐升华。

在那样虚无缥缈的时光中，他们都曾感受过无与伦比的快乐，也曾在无数个失眠的黑夜害怕。

他们不断地靠近，为彼此一点点地打开心门，却又在最危险的区域站定，不敢往前走。

联系近三个月后，他要到了她的电话号码。

第一次通话时，他们都有些语无伦次，占用时间最长的都是些无聊的废话，诸如是不是吃过饭了，天气怎么样。放下电话后，他们又打开微信，为自己尴尬的表现做出些许解释。

那时候，她在学校的图书馆做兼职，每天晚上整理书架，忙碌起来连喝口水的时间都没有，闲下来时又觉得时间过得太慢。

不知从何时起，在那些有时忙碌，有时又无聊的晚上，她总是能准时接到他的电话。在电话里，为了避免找话题的尴尬，他开始给她唱歌。

她听他唱歌的时候，总是偷偷地溜出图书馆，坐在图书馆前面随意一辆自行车上。

那些歌，大多是校园民谣。他唱的时候，她就感觉自己的心里有一把伴奏的吉他。一切都是那么和谐。

这是爱情的前奏。

前奏过后，必然迎来高潮。整整一年，他们走过不算短的道路，终于由微信和电话里的知己，变为情侣。

大学渐近尾声，感情与日增温。他们每天有打不完的电话，聊不完的微信。她省下生活费攒一张从湖南到北京的火车票，千里迢迢地去看他。

她像是着了魔一样，把整颗心扑到他身上。可是，他们中间隔着太远的距离，彼此看不到对方的喜怒哀乐，即便知道对方受委屈，也只能给予最无力的安慰。

宿舍姐妹心疼她，而她不以为意。最终她与姐妹们为了他针锋相对。

微信、电话、几次数得过来的见面，以及姐妹们众志成城的阻挡，这是她大学时代爱情的全部。

毕业那一年，宿舍姐妹找到稳定的工作。而他已在北京安置好一切，对她说道："来北京吧，我会对你好。"

就这样，她放弃辅导员给她介绍的工作，提着行李义无反顾地朝他奔去。

两个人都在北京工作。

从租住的地方到公司，需要换乘两次地铁和一次公交，用时大概两个小时。

租住的房子，在五环边上的一个小村庄里，大概十平方米大的地方，除了一张床，很难再放下其他东西。

没有厨房，只能把锅碗瓢盆放到床底下，做饭的时候再拿出来。没有卫生间，半夜惊醒后，还要穿厚重的衣服走五十米的路

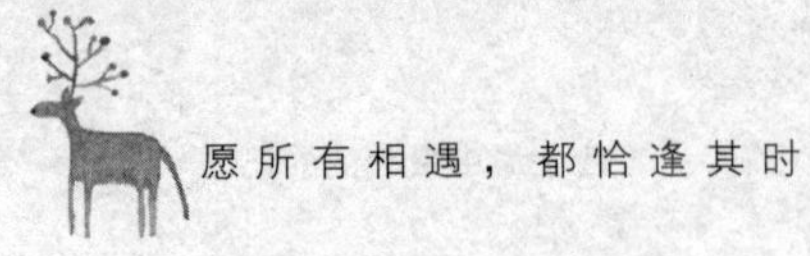

程，才能上一趟厕所。

两人曾经计划去一次坝上草原，那是他们毕业那一年说要去的地方。

他规划路线，打电话咨询旅行社，做资金预算。她兴奋不已，翻箱倒柜找自己最漂亮的衣服。然而，那次出游计划最终泡汤了。

其实，一趟到坝上的旅行只需八百元，但是他们还是负担不起。

那一年她过生日，想吃一个草莓奶油蛋糕。熬到下班回家，她看到桌上放着的是路边摊上烤的干面包。

他们没有去过电影院看电影，没有去过KTV唱歌，没有去过高档餐厅吃饭，没有喝过小资情调的下午茶，也很少去商场逛街。他们把大部分时间都用在上班和加班上。

她的父母打来电话问他们的情况，她声音高亢，报喜不报忧，兴奋地对家人说他刚刚升了职，领导很器重他，工薪翻了整整一倍。

放下电话，她整个人瘫下来，哭得撕心裂肺。

贫贱夫妻百事哀，这句话说得一点都没错。他们都渐渐变得斤斤计较，为一块五毛钱的白菜和土豆吵得不可开交。

他们是情侣，但性格迥异，兴趣相去甚远。

她好静，可以在旧书店泡整整一下午。他好动，最爱在周末去大学的篮球场打篮球。

她文艺得一塌糊涂，经常在格子铺淘一些没有用的老古董。他理智得一丝不苟，把所有的东西都分为有用和无用两大类。

她经常羡慕古老年代的人，随便一件小事都可以写成一首优美的诗。他则庆幸自己活在当下的时代，科技发达，交流方便。

平日里，她经常沉默寡言，喜欢把心事藏在肚子里。他则絮絮叨叨说个没完，在网上看到的笑话必须要讲出来才痛快。

他们仿佛不是一个星球上的人。

在商场里的冷饮店里，我把这个故事分成三段讲给低年级的师妹顾筱雨听。

我们在同一所大学毕业，她现在是高中老师，因培训来到北京。

在大学时，我和她都是文学社的成员，因为共同的兴趣爱好而关系亲密。

她在培训之余时常来找我，有时我们一起去逛街，有时我们则窝在我家里看电影。

每次见我，她都一副羡慕我羡慕得要死的样子。

我知道她的羡慕从何而来。

我们出门逛商场时，我男友总会叮嘱我带上一把遮阳伞，并在我包里装一瓶健胃消食片，他知道我的胃一直不好。因为怕地铁太挤，他会开车把我们送到商场，再一个人开回去。

逛街回来后，他接过我们手上大包小包的东西，给我们递上拖鞋。等我们把自己扔进沙发里时，就会看到他已经把玫瑰茶水端到茶几上。

如果我和顾筱雨窝在家里，他就从超市买来新鲜的水果和一些有利于消化的山楂片。我们因影片的情节笑得前俯后仰，他则在一旁给我们削水果，并准备丰盛的晚餐。

晚上顾筱雨回自己住的地方时，他会和我一起把她送出去。然后，我们牵手去附近的公园里散散步。完好的一天就这样过去。

在顾筱雨的眼中，我们是最完美的情侣，没有争吵，没有误会，相亲相爱，风平浪静地向前走着，会一直走到白头。

但至今，她仍是独自一人，下班后没带伞，只能在雨中奔跑；

深夜辗转难眠时，只能重温老套的韩剧；和学生一起参加运动会时扭伤脚，还要一个人一瘸一拐地做饭。

她问我，怎样才能找到像我和我男友那样没有伤害的爱情。

于是，我将上面那个故事分成三段讲给她听。

讲完后，我问她，如果让她选其中一段爱情，她会选择哪一段。或者说，她觉得上面哪一段爱情会走到最后。

顾筱雨一边喝着冷饮，一边皱着眉头说道：“哪一段爱情都不如你们的好。”

商场里人来人往，情侣紧扣双手穿梭其中。我们所在的这家冷饮店里，多半也都是面对面坐着说甜言蜜语的情侣。

这确实是一个爱情溢满的时代。

我安静地等着顾筱雨解释为什么觉得我所讲述的三段爱情都不好。

她思索一会儿，终于说道，第一段爱情太幼稚。她不否认大学时期的恋爱是透明得没有杂质的，但认为电话里的几句歌声，微信里的几句甜言蜜语，仅有的几次见面就是爱情的全部，未免有点太自以为是。

况且，第一段爱情又是异地恋，彼此所看到的所感受到的，都是对方极力表现的好的方面，对方喜欢的也是这些好的方面。然而，一旦两人长期相处，那些缺点就会慢慢溢出来。到那时，谁也不能保证，他们喜欢的是想象中的那个人，还是眼前这个优点与缺点并存的人。

至于第二段，似乎更看不到未来。两人在一起生活，信任与信心最重要。但是，顾筱雨认为他们的生活现状太难改变。

在那种境遇中，他会因自己无法给她更好的生活而心生愧疚，

而爱情之中一旦有愧疚之心，就很难维系下去。她呢，她必须得时时顶住父母给予的压力，为他塑造一个不断进步的优秀形象。而在这个过程中，她只能在担惊受怕中过日子。美好的爱情，又怎么容得下担惊受怕？

如果这种境遇无法改变，他们则会为鸡毛蒜皮的小事无休止地争吵下去。而如果境遇得以改善，他们也难保会在崭新的生活中不迷失方向。

第三段爱情，应该是一种煎熬吧。

一个“懂”字，几乎涵盖了爱情所有的意义。彼此看得清眼睛深处的那片欢喜或是忧伤，是情侣们最看重的事情。如果两人从来不在一个频道上，他说体育赛事，看成语接龙的她又怎么听得懂，又怎么能分享他极具律动感的心情。

或许最初的时候，两人都不介意彼此之间存在的差异，以为相爱就足够。但是，随着相处时日渐久，他们之间那道差异的裂缝定然会越变越宽，以至于他们因此而分开。

我认真地听着顾筱雨条分缕析地解说那三段爱情，没有插一句话。

她说完后，反问我最看好哪一段爱情。我把有些散乱的头发掩到耳后，认真地说道：“我觉得哪一段爱情都有可能走到最后。因为，这是我和我男友爱情的三个不同阶段。”

她脱口而问：“怎么可能？”

怎么不可能。

这确实是我们爱情的全部。

最初在微信上聊天时觉得他像是另一个自己；第一次听到他的歌声时，我觉得自己就是他的天使；第一次见面时，把闺密硬生生拉去，以掩饰我的紧张；第一次千里迢迢去北京看他，觉得爱情是那么伟大。

到后来呢，后来我感受到异地恋的辛苦。

至今我仍然记得，姐妹以对抗的姿态劝我迷途知返时，我感受到的孤独；我因为胃疼而独自躺在病床上，感受到的无助；我刚去北京找工作时，感受到的迷茫；我住在租住的十平方米房子里时，感受到的绝望；每次与男友因拮据的生活争吵时，我感受到的彷徨；每次与男友产生隔膜时，我感受到的慌张。

这些我都记得清清楚楚。

从热恋到无望，再到接受与改变，最终岁月呈现出温暖静好的样子，我们用了四年的时间。

在这些时间里，我们深刻体会到，相爱是那么容易的一件事，而相处是那么难的一件事。

对于生活中那些琐事，我们学会忍耐与包容对方。

对于那些艰难的岁月，我们用坚持与坚守支持对方。

对于那些性格上的差异，我们任其存在，并给予尊重。

再相爱的两个人，也是相互独立的两个人。

我们所做的并不是让对方变成我们喜欢的样子，而是让对方做最舒服的自己。

路上荆棘遍布，也有落英缤纷。

携手走过岁月给我们设置的难题，你定会变得越来越有担当，越来越有男人的底气；而我任时光抹去我的棱角，变得越来越温柔，越来越具有女人的优雅气质。

我们都变得越来越好。而路上那些晴天和雨天，就是我生命中最壮丽的记忆。

我们都是时间的俘虏

已经12月了，再过些天就是江平的生日。他出生在1月1日，元旦，他母亲说这是个好日子，预示着一切都是新的。

三十三年前的阳历年，那一天他来到这个美丽可爱的世界，他的出生给母亲带来无上的荣耀，从此以后她在江家的地位稳固了。

所以，他母亲欢天喜地地给他取了个“平”字，从前的风波平息了。

江平裹了裹身上的大衣，一阵风吹过来，他禁不住打了个喷嚏，这才真的意识到他的生日快到了。上海的冬，阴冷潮湿，湿漉漉的水汽像蒙在了他眼里一样。

想起母亲，他更加心烦意乱，因为就在半个小时之前妻子肖琳跟他大吵大闹，原因是提起半年前他母亲如何不讲卫生——母亲已经回到湖北乡下，跟他这个儿子好似断绝了关系，然而肖琳还是不依不饶。

他摸了摸口袋，掏出一根烟，“啪”一声一簇小火苗燃了起来。

他将身子倚在一株法国梧桐上，嘴里吐出一团寂寞的烟圈。他无比心凉地意识到，在这个他奋斗了十一年的城市，他成了一个无家可归的人。家，让他想起肖琳发怒的眼睛、声嘶力竭的声音混合着各种物体被砸的声音，那声音隔着几百米好像还能排山倒海地撕扯着他的神经。他背对着家的方向，后背上全是肖琳厌憎的眼神，像一根根绵细的针，追着他到天涯海角。

他皱皱眉头，长长地叹了一口气。

他将打火机放在手中不停摩挲着，然后借着月光仔细地看了看打火机，宝蓝色，没有任何多余的装饰品。

打火机是他师妹林晓瑜六年前作为生日礼物送给他的，他一直带在身边。这几年，每到元旦那一天他准能收到她的祝福短信，短信没有太多内容，往往只有“生日快乐”这几个字。

他漫无目的地走在冬日的夜晚，银色的月光从树梢上倾泻而下，像晓瑜那双温柔的手抚摸他的心。

他找了一家离家不远的宾馆住下，他已经习惯了，这已经是他半年来第三次有家不能回了。

江平疲倦地朝床上一躺，正闭着眼睛胡思乱想的时候，电话响了，是晓瑜。他“喂”了声，那边不说话，只是哭，他一惊，一下子坐了起来。

林晓瑜被丈夫打了！

他又惊又急，一股怒火充满他的胸腔使他呼吸不畅。

晓瑜问他在哪里，她说想见见他。

他禁不住苦笑一声，想不到他们在同一个夜晚一起成了无家可归的人。

一刻钟后，她站在他的面前。他们在这座城市距离那么近，近到只有十五分钟的车程，然而他们有两三年没见过面了。

江平关上门，他把房间所有的灯全打开，他要仔仔细细看看晓瑜。林晓瑜脱掉羊绒大衣，揉了揉眼睛对他嫣然一笑。她的左脸颊上有块已经消散的手掌印。江平的心一阵哆嗦，他伸手摸了摸她的脸。

“还有哪里？让我看看。”他对她说。

她望了望他，迟疑了下，将红色的毛衣脱掉，只剩下一件白色衬衣。她撩起裤脚，小腿上的淤青触目惊心。江平蹲在她的脚边，沉默不语。然后她捋了捋袖子，细细的胳膊上有青一块紫一块的印记。

江平咬牙切齿地握紧拳头，然后一拳打在墙上。

江平跟林晓瑜是大学校友，在学校时，晓瑜颇喜欢他，江平不是不知道，可是每次他都不敢迎接晓瑜热辣辣的目光。晓瑜人长得漂亮，家世也好。而他，老家在湖北恩施某处山区，母亲常年卧病在床，下面还有一个弟弟和一个妹妹需要他照顾。

他从不敢将自己的感情袒露给晓瑜，她那样单纯美好的女孩，值得更好的男人来爱她。而他，显然不是那个男人。

无数次他想冲到她面前说，做我女朋友吧，每次都被如影随形的自卑拉住，然后，他像个懦夫一般蜷缩在一角，假装看不懂晓瑜的每一个明示暗示。

他只好将她当作自己的妹妹一样对待，一直将她照顾得十分好，“爱”这个字眼他从未对她说过。

有时，晓瑜的神情十分落寞，他看了也心头一紧，但他依然沉默，这么多年，他习惯沉默。

江平毕业后继续留在上海，进了一家建筑设计事务所。2003年4月1日，香港艺人张国荣自杀消息传来的时候，晓瑜已经毕业两年了。

那天她一个人在家，翻找张国荣从前的影片。那晚，她看了《东邪西毒》，那是她最爱的王家卫影片。

片中人张曼玉一袭红裙，眼神飘忽，她幽怨地说：“以前我认为那句话很重要，因为我觉得有些话说出来就是一生一世，现在想一想，说不说也没有什么分别，有些事会变的。我一直以为是我自己赢了，直到有一天看着镜子，才知道自己输了，在我最美好的时候，我最喜欢的人都不在我身边。如果能重新开始那该多好啊！”

林晓瑜看到这里号啕大哭，胸口像是被人砸了一记闷锤。那一年，她24岁，还不认同片中人的话，她要听江平说出那个字，哪怕只听一次她也觉得此生无憾。

可是，他就是不说。

听说别人给他介绍对象，对方是上海郊区某个小镇人家的女孩。她有些心酸，也有点释然，这么多年，他也该成家了！

毕竟他比她大了三岁呢。

林晓瑜跟韩志平结婚的时候，没有告诉江平。江平独自在酒吧喝了大半夜的酒。江平结婚的时候倒是请了她，她没去，借口出差在外地。江平开玩笑说：“你这个妹妹真不够意思，是不是害怕出份子钱啊？没事，只要你人来了就好！份子钱，我做主，免了。”

林晓瑜说：“真不是，我现在人在重庆呢。新娘子一定很漂亮吧？哎，记得给我传几张照片看呀。”

江平说：“好的，一定一定。”他又说了句，“咳，她怎么打扮也没有你漂亮。”

然后她挂断了电话，对着电话发了一阵呆。她坐在宾馆的床上又看了一遍《东邪西毒》。

那一晚，她在恩施，他的家乡。

韩志平带着醉醺醺的酒味回家了，这让林晓瑜很是意外。因为她至少有半个月没见到他了。有人好意提醒她说韩志平经常跟个小姑娘在一起，她听了笑笑说谢谢呀。

她早就知道了，韩志平外面有人，并且不止一个人。

他们的父母是多年的老相识，门当户对。林晓瑜的爸爸跟韩志平的爸爸从麻友一变成客户，再变成朋友，三变成亲家。

他们的婚姻，父母很满意。

韩志平不回家，林晓瑜心里很踏实，因为听到他的声音她的心都要跟着颤一颤。

他有时会无缘无故地打她，他对林晓瑜的态度全凭心情。

他嘴里嚷嚷着：“别以为老子不知道你那点心思！你跟那个姓江的要是没点见不得人的事情我就不姓韩！”

林晓瑜一句解释的话也没有。她的沉默激怒了他，他像拎只鸡一样拎住了她的衣领，然后一脚踹在她修长的小腿上。

“不说话？！你以为你不说话我就饶了你？！”韩志平像个发怒的雄鸡一样，双眼通红。

林晓瑜突然吼了句：“我爱谁谁！你自己在外面找人，还不允许我找人？！”

“啪”一声脆响，她白皙的脸上五个手指印凸起。

她抓起大衣夺门而出。她边跑边哭，从包里拿出手机给江平拨了电话。

被韩志平怀疑了这么久，索性坐实了给他看！

林晓瑜此刻跟江平面对面站着。他走过去，一把将她拥在怀里。

她伏在他的怀里嘤嘤啜泣，那么多年，躲在“兄妹”的面纱下捉迷藏，现在在这个拥抱里，全部揭晓。

“你，离开他吧。”江平的手抚摸着她的背。

“离婚？那你呢？”她抬起头，眼睛定定地望着他。

江平叹口气，没回答。林晓瑜推开他，愣愣坐在床沿上。她泪汪汪地问他：“这么多年，我有句话一直想问你，从来开不了口。今天，我在这里想听你亲口告诉我——你告诉我以后我就死心了！”她因为激动身体微微颤抖。

江平说：“什么话？你问吧。”

“你爱过我吗？”

“这还用问吗？”

“不行，这不叫回答。我要你给我一个明确的答案！”林晓瑜几乎喊了出来。

“除了你，我没爱过别人。没有，从来没有，从未爱过任何人。”

林晓瑜抱住他，说：“我们再也回不去了！”

十年前，听到一首歌叫《彼岸花》，我想这是朵什么花呢，世上竟然还有这样好听的名字！

前几年我在南京东郊风景区见到了它的真容。

彼岸花有红白两种颜色，红的像滴血的爱情，白的像苍白的婚姻。

它长着细细长长的花瓣，棉线一般，好似爪子一样抓住你。

关于彼岸花还有个凄美的传说，传说它长在三生石畔，一千年开花一千年长叶，花叶不相见。有时，我们就像它一样，我和你之间，隔着一条波涛汹涌的岁月之河。

我们遥相辉映，却无力泅渡。

我们都是时间的俘虏，只会妥协的小丑。

有些相遇，生生不息

前两年我一个人背着包四处流浪的时候，在青旅认识一个江苏同乡，我不知道她的大名，只记得她有个好听至极的小名，素素。

想起她的名字，我总是条件反射似的想起《雪山飞狐》里的程灵素。她们自然毫无关系，只是名字相似罢了。如果硬要说有哪一点相似，也许是她们都曾经爱某个人胜过爱自己。

素素长得清秀小巧，素手细腰，整个人古典极了，在这样的年代竟然有这样的女子，她使我在遇见她的一瞬间顿生好感。

她的美不在某个具体的部位，全在两个字上头——韵味。

那一晚正是初秋，天微微有些寒意，我因为走得匆忙，没有订任何住所，到了地方后就随意进了间青旅。

因为房间紧缺，我住进了多人间，推开门，发现上铺只有一个二十来岁模样清秀的女孩子坐在床上，她正低着头听着音乐，手里拿着笔不知在写点什么。她的一缕长发柔顺地贴在耳后，温存地抚摸着她的情绪。

见有人进来，她抬起头礼貌性地冲我点点头，然后又继续在那儿写写画画。

她这样的状态约莫持续了一个小时，最后她停下笔叹了口气。

她下床来洗漱，这时我才认真注意到她的容貌，尤其是她的那双眼睛。我从未见过那样多情而忧伤的眼睛，林黛玉的眼睛什么样子我没见过，但我以为总要像素素的那样才算不辜负曹雪芹的一片心。

我们简单介绍彼此后聊了起来，许是因为同乡，许是因为寂寞，许是因为感伤袭来，两个才认识一个多小时的年轻人便毫无顾忌地谈论起各自的爱情人生来。

也许，没有那么多的也许，只是那样秋风吹着落叶沙沙的夜里，适合谈论爱情，适合怀念一个人，而她纸上所写的一切全是为了一个萦绕心头的名字——余家升。

素素跟余家升是大学校友，她学地理，他读史学。他们的认识颇有些戏剧性。素素应高中同学的邀请去颐和园玩，同学重逢总是相谈甚欢，回来的时候便有些晚了。

素素的学校在特别偏僻的远郊，她从末班车上下来的时候，整个人的心都在痉挛。她独自走在只有微弱灯光的乡间小路上，周围零星的低矮平房里散发着温暖人心的灯光，但风一吹她就跟着哆嗦一下，其实，那时候正是炎热的六月，但是她冷汗都快跟着下来了。

路面上一个人也没有，只有不远处几声狗吠能让她闻到人间的气味。她害怕寂静，她放声唱歌，声音大到要命的程度。

先是走着，后来她几乎一路小跑着往学校奔。她埋怨起自己的学校，为何在这样一个荒凉的所在，想打车也打不到，只能靠着一双腿发狠劲儿。

她跑了十来分钟，突然脚下一沉，她的凉鞋跟断了。她望着报废的鞋子，有种想哭的冲动。这双五十元买来的凉鞋，已经陪着她过了两个夏季，如今终于寿终正寝。

她抱着破旧、残缺不全的凉鞋，想起同样残缺不全的家，再也忍不住，在夏夜的荒郊放声痛哭起来。

她赤着脚边走边哭，像一个被世界遗忘的孤儿。那一刻，她想起了离异的父母，想起了孤苦的母亲，世界上只有自己才会关爱自己。

世界真大，她太小了。

就在她专心致志哭泣的时候，她奇怪地发现恐惧被驱散了。原来忧伤能够打败惧怕。一辆自行车的铃声从她后面传来，她警觉地朝路边一站。骑车的人正是余家升，那晚他刚从市区做完家教回来。

他惊异地发现一个面容姣好哭得梨花带雨的女孩，便停了下来，询问几句后发现是校友，于是大方地拍着自己的车后座说：

“走吧，我载你回去。”

素素没有别的选择，她感激地冲他微笑了下，然后像溺水的人抓住唯一可以握住的东西上岸了。

此后很多年，余家升对于素素而言，永远像一个溺水时候的游泳圈、疲倦时候的靠枕、伤心时候的手纸、无聊时候的零食。

素素给我讲起余家升的时候总是带着笑意，她说自己给他写了好多封情书，不同内容、不同地点、不同时间，然而都没有发出去。

我这才明白我看见她的时候，她正写着一个人的情书。

我问她为何不对他表白呢？她说自己也说不清，也许是自卑吧。我说你这么美丽为何还要自卑？她说一个女人在她特别在意的男人面前，总是会莫名其妙地卑微，这卑微有时无关风月，只是一种感觉。

人的一生总会爱上一个这样的人，他主宰你一切情感，仿佛你是个提线木偶，而他就是那个操控木偶的人；又好似你是一只风筝，而你能飞多高多远，命运全在他的手中。

她暗恋了他整整三年，一直到他们毕业，她也没有说出口来。

后来，他们一个在上海，一个在北京。有一次，素素不知从哪里来的勇气，决心去上海一趟，她要告诉余家升，那么多年，她一直爱他。

余家升听说她要来上海，特意请了两天假准备陪她。在虹桥机场，他见到了久别重逢的素素，素素冲过来拥抱了他一下，他的身体立刻僵硬得不像话。

他尴尬地咳嗽两句，然后指着身旁一位时髦漂亮的女孩子说：“我来介绍一下，这是素素，我最好的朋友。这是我女朋友，你叫她乐乐好了。”

素素惊呆了，她先是惊讶继而失落，最后是无比惆怅。然而，这么多混合的情绪，在她的脸上没有任何显现，它们只是像幽灵般从她那双漂亮的眼睛里一闪而过。

两个女人互相打量着对方，很显然乐乐听说过素素，而素素从未听说过乐乐。她一瞬间觉得自己来得多余。

余家升带着她去吃上海本帮菜，在长长的排队队伍中，她一回头瞥见他偷袭似的亲吻了乐乐。

她的眼泪在眼圈里打转转，但她揉了揉眼睛，愣是把眼泪给憋了回去。

“你们先在这儿，我去趟洗手间。”她害怕他们找过来，特意跑到另一层楼的洗手间，然后躲在厕所里整整哭了一刻钟。

当她补好妆再见他们的时候，她依旧谈笑自如，像不曾受到过伤害一样。

素素说当你面对无力解决的问题时，你唯有选择坚强，因为你的脆弱只会带给你巨大的伤害。

两天后，素素带着一脸的笑容和一肚子的委屈回到了北京。一个月后，她接受了一个一直对她很好的男人。

两个月后，她提出分手。男人不解，明明相处得好好的，为何要用这样坚决的方式告别。素素说：“对不起，你是个特别优秀的男人，可惜，我始终没有爱上你。”

她单身过了两年，其间跟余家升偶有联络，她刻意避开乐乐。每次，她都想探听一点他的私生活，然而这样的念头刚起来就被她的自尊给压了下去。她不允许自己这样做。

我开始信奉那句话，宁愿高傲地发霉，也不愿卑微地示弱。她像个小小的女王，在自己的国度里指挥若定，只是不能想起余家升这个名字。

素素变得不再主动给他打一个电话，不再发一条信息，甚至在QQ等通信工具上她也时常隐身，她不再晒自己的任何生活，她像一朵失去颜色的花朵，躲在枯败的季节里黯然神伤。

她甚至删掉了他们的所有通话记录、他的联系方式。她害怕自己看见他的电话总是忍不住想要拨过去，因为她知道自己的软弱，所以她给自己选了一条最为坚硬的道路。她不理不睬不声不响，像过季的事物，慢慢腐败。

余家升会在不开心的时候给她来个电话，或者主动找她说两句，但至多说几句无关痛痒的话，他们再也没有从前整晚说不完的话了。

他知道他们之间有些变了。她也知道有些东西在她还没来得及拥有的时候已经逝去，无疾而终，她不能接受这样的结果。

她以为所有的爱情，都该有个甜蜜的开头，丰满的中段，庄严的结尾，就像写作文一样，怎么能虎头蛇尾呢?

但生活就是这样，往往开头声势浩大，结尾潦潦草草。

后来，余家升打电话给素素说他要结婚了，素素说：“那太高兴了，恭喜你哦。”

“我应该去吧，只要我能走得开。”

挂断电话，她冲到小卖部，气喘吁吁地对老板说我要买张手机卡，然后她随手一指，换了个号码。

余家升再也联系不上素素，她将他拉入了黑名单。曾经他像个兄长也像个情人般温暖过她的世界，然而，现在一切都没有了。他早已是别人的太阳，可她还自欺欺人地等待他们“分手”——她觉得自己十分可笑，但又阻止不了这荒唐的念头，直到余家升告诉她说他跟乐乐要结婚了，她仿佛被人电击了一般，她终于明白自己的幻想实在幼稚可怜。

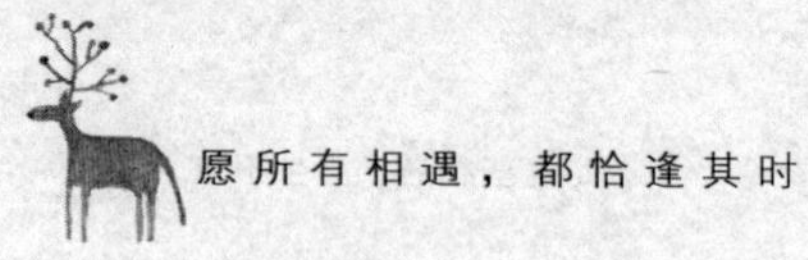

他彻底退出她的世界了，她又成为那个多年前恐惧而无助的女孩。

而她的身边再也没有他拍拍车的后座说，走吧，我载你一程。

原来，在人生的旅途上，他们仅仅是路过彼此。

素素讲完她的故事，然后两手一摊有些害羞地说，是不是很无聊呀？让你失望了吧？

我摇摇头说没有。

不是每个人的爱情都能惊心动魄，像影视剧里那样跌宕起伏。可是，正是这些看似乏味的雷同恋情，让我们怀念曾有过的青春，以及青春里那影影绰绰的身影。

世上哪有那么多奇怪的爱情呢？我见过平凡的大多数，正如这平淡无奇的爱情一样，有些人注定只能当我们生命里的过客。

我问素素你知道他爱没爱过你。她摇摇头说不知道，我不敢问也不会问。

我替她遗憾，然而她说有些话知不知道又有什么分别呢？结果都是一样的。年轻的时候喜欢追问原因，如今只会看结果。

我说你才多大呀就说自己老了。她说老不老跟外貌没关系。爱一个人太用力会让你的心苍老，因为全是伤痕，像一刀又一刀的皱纹一样，你的心皲裂了。

素素跟我讲完她的故事后，我没有再见过她。我不知道她现在过得如何，毕竟只是萍水相逢。但我偶尔还会想到她，尤其当我听到类似的故事时。

记得素素对我说的话，她说每个人都会爱上那样一个人，他给你温暖与美好，也给你自卑和依恋，你只在他一个人面前毫无办法，你爱他胜过你自己。然而，你还是无法拥有他。你不知道是你错了，还是这个世界错了，总之，你就是无法拥有，你只能马不停

蹄地与他告别，一次又一次，像漫过来的水一样，退了还有，退了还有。

因为，在心里，你从未真正与他告别过。

不辜负自己，别亏待光阴

赵赵，十年前25岁，陕西人，微胖，样貌普通，属于那种扔在人堆里你不会多看一眼的男人。

苏苏认识他的时候，正是十年前。那时候他刚从清华研究生毕业，学的是微电子，他称自己是“猥琐”（微电子研究所简称）人。事实上，苏苏也常说他十分猥琐。她说他不高不帅还邋里邋遢，活该单身。

他就跟苏苏抱怨说清华女生太少，基本属于稀有物种。他看上的，别人也看上了；别人没看上的，他也没看上。

赵赵其实不叫赵赵，而是叫赵志兵。苏苏嫌他的名字土气，在没有经过他同意的情况下，给他命名赵赵。他一听眉头一皱，这什么名字？听起来娘气十足。

她赶紧给他解释说，有个专门写爱情小说的女作家也叫这个名字。女作家？那还是娘气。他感到十分不满。

但是拗不过苏苏每次见他都这样叫。她就是有这样的本事，给身边的朋友起无数名字和绰号，有些叫了十几年了，经久不衰。

赵赵那会儿还没有女朋友，单身宅男这样的词我第一次见到的时候莫名其妙就想起他。他曾经这样说：“你只需要给我一台空调，一台能上网的笔记本，和喝不完的冰镇可乐，我就能存活一夏天。”

他不修边幅，穿的衣服经常皱巴巴的，好在他的胡子不算旺盛，否则朋友都担心他会不会放任它们飘飘欲仙。

赵赵工作的地方在海淀上地，十年前那个地方还比较荒凉。我们问他为何到那地方工作，他说全是因为师兄——他的老板也是清华的，海归回来创业，他一听脑子一热赶紧加盟。

后来有一阵子赵赵跟我们没什么联系，大家各忙各的。

有一天夜里凌晨两三点的样子，苏苏突然接到他的电话，她没好气地说：“深更半夜的，还让不让人睡觉啦？”

他倒是不疾不徐，跟他以往风格一样，慢吞吞地说：“你那儿有花露水吗？”她一瞬间大脑短路，实在不明所以，半夜打电话给她难道就为了要瓶花露水？

莫非他暗恋我？借此机会想要过来看看我？天呀，万一他要是暗恋我我该怎么办？朋友是不是没得做了？他要是提出过来看看我，我是不是该拒绝？

在他说完那句话的三秒钟内，苏苏心里至少有三十种想法飘过。苏苏有时就是这样的人：你给她一个暧昧眼神，她能给你脑补出一家三口其乐融融的生活。

“有。问这个干吗？”她淡定地问他。

“我现在在××小区这里，蚊子太多了……”瞬间苏苏的小心脏归位，事后她得出结论，这是被爱妄想症。

“你大半夜跑那儿干吗去？这时候你不应该在看球吗？”那一年正好是世界杯，而他身为资深球迷已N年。

“我喜欢一个女的。她住在这里。”他在那头轻飘飘地说，那声音在苏苏听来像鬼魂一样飘忽不定。

“那你干吗不进去呀？”她偷笑。

“进不去，她那里有别的男人。”他苦闷地笑笑。这话苏苏听了第一反应只觉得十分可笑。

“谁呀？”

“一个有妇之夫。”他的声音还算平静。苏苏听了可没法平静了。

“你怎么看上小三了？”她一派假正经。

“什么小三？我跟你说，她绝对是被那男人骗了。我要是三四十岁有房有车有阅历，我骗个二十多岁的女的还不跟玩儿似的……”听口气他对自己倒是很自信。苏苏对他就没那么自信了。

他不会骗人。

“你不知道她那个人有多单纯……”接下来的半个小时全是关于那个女人如何清纯如何傻的描述，在苏苏听来无非一个恋爱中女人的常态，但对他来讲意义完全不同。

他同情她，怜惜她，觉得自己一定要保护好她，如今见她还是这样执迷不悟，他生不如死。

苏苏说你别犯男人常犯的错误了。

“告诉你吧，男人最喜欢犯的错误是自以为是，被英雄主义冲昏头脑。你把自己想象成英雄，她是等待你拯救的弱小女人，小心最后你没救上她反倒把自己的命也搭进去。”苏苏如此警告他。

“唉，你能不能过来给我送瓶花露水，顺便跟我聊聊天？”他提出相当无耻的要求。苏苏表示坚决不能同意这种没人性的建议。

苏苏挂断电话自己却睡不着了，心里不断咒骂这混蛋，自己不想活还得搭上我。苏苏心想赵赵这次该完蛋了。

他长这么大以来恋爱的次数几乎为零，仅有的一次是他暗恋某女生，这一恋就把本科四年全送进去了。

然后他用了研究生三年走出来。如今，刚离虎口，又入狼嘴。

后来赵赵告诉我们说那一个月的球赛他一场也没看，每天晚上他的身体像是被上了发条一样，准时出现在她的小区周围。

有时，他去得早了，那个女人还没有回家；有时女人一个人在家，有时两个人；她睡得比较晚，喜欢整夜亮着一盏灯；男人有时会在她那里过夜，有时来去匆匆。

某个下午赵赵神神秘秘给苏苏打电话说请她去唱歌，她问他是不是有那个女的，他嘿嘿一笑。

苏苏说："我一猜你就没那么好。"她大笑着骂了他一句，然后用了半个小时换衣服捯饬自己，又用了十五分钟打车到了他约定的地点。

这是苏苏这辈子唯一一次唱过那样尴尬的歌，全场四五个人，她只认识赵赵一个人。

他也不做任何介绍，落寞地一个人坐在角落里。苏苏走过去在他旁边一坐，伸手拍了下他的肩膀说："哎呀，怎么变这样瘦了？瘦了好，瘦了帅。"她夸张地说，他有些不好意思地挠挠头。

她的眼睛向周围正在唱歌的几个人扫过去，一男两女，就在她不确定哪个是那个该死的她时，一个穿紫色花裙子的女人望向苏苏，眼睛定定的像考古学家盯着出土文物。

模样蛮说得过去，眼神凌厉，苏苏一望便知赵赵不是她的对手。那是只有同性之间才有的刻骨了解。

她忽然间生出一股厌烦来，苏苏厌恶那些耍弄别人感情的人。她以为的爱情，爱就在一起，不爱趁早开口。她讨厌拖泥带水，厌憎暧昧不明，拖着别人的热烈不肯放手。

于是，她对那边的人说："麻烦帮我跟赵赵点一支歌，男女对唱的——《选择》，谢谢！"

紫衣女微微愣了下，然后微笑着对她说了句好的。

赵赵说："你又犯什么神经呀？"她靠在他耳边说："我在帮你呢。"

"你今天怎么还化妆了？"他撇了撇嘴。他知道她向来喜欢素面朝天。苏苏说你猜。他摇摇头。她敲了敲他的脑袋骂了句笨蛋。

这首歌苏苏跟他唱得三心二意，听的人却一脸投入的样子。

散场的时候，苏苏跟赵赵走在前面，肩并肩。紫衣女跟另外两个人在后面说说笑笑。

苏苏知道必定有双寒冰似的眼睛在盯着她的背。她把包朝赵赵手里一塞，说道："帮我拿着，太累。"

紫衣女说："赵志兵，谢谢你请我唱歌。我先回去了。"赵赵想张口说那我送你吧，苏苏狠狠地拧了一下他的胳膊，然后说了句："哦，这样呀，不再玩一会儿吗？赵赵刚还跟我说反正是周末，等下一起吃饭呢。要不，一起吧？"

"是呀，要不一起吧？"这个没出息的赵志兵！

"不了，你们一起吃吧。我还有事。"太聪明了，她不会属于赵赵这样的男人的。

又过了半年多，其间赵赵断断续续地发神经，什么半夜骚扰电话呀，周末吃饭成吐槽见面会呀，苏苏这个比他小几岁的女人被迫当了回知心姐姐。

苏苏说："赵赵，你能不能有点出息？"她故意说得那么难听。

"我也不知道她哪儿好，可我就是不放心她。你说，她那么好的女孩子被那个老男人给毁了。"他叹口气。

"她一会儿对我很好，一会儿又对我刻意保持距离，忽明忽暗。"他望着苏苏撇撇嘴道。

苏苏不忍心告诉他真相——那男人对她坏一分，她就对你好一分；男人对她好一点，她就对你冷一点。

“你就是她的备胎，你明白吗？”苏苏点醒他。

“明白。”

他受到伤害的时候也会骂一句：“我就算是个备胎，也是个法拉利备胎！”

苏苏对他各种好话歹话说尽，后来说得她嘴皮子起老茧，她就懒得再说了。他也许发现她有些烦他这一点，后来再打电话给她的时候便绝口不提那个女人。

又过了半年，苏苏再见他的时候，他轻飘飘地说了句：“我跟她彻底结束了。”

苏苏很惊讶。

“我不能总是做那个给她擦屁股的人。她被那个男人伤了心就给我打电话要我安慰，我从来没有让她失望过。可，也许得到的太容易了，人就不懂得珍惜。人就是这样奇怪，喜欢肆无忌惮地踩在对自己最好的人的心上。”

苏苏不置可否地笑笑。

“有一天她打电话告诉我说，那个男人要跟她分手。她哭得很厉害，要我过去陪陪她，我沉默了一会儿，然后跟她说对不起，今天晚上我还有事。”

“我不能跟一个这样的人相伴终生，因为我不确定哪一天那个男人会不会再向她招手。但我可以确定的是，只要他招手，她必定义无反顾奔过去，就像我过去对她一样。”

“那你为什么还拒绝她？”苏苏刨根究底。

“我想告诉她，任何事物都有保质期，就像备胎也有期限一样。不是你每一次转身，那个人都在。毕竟，他是个人，而非柱子。”他说完这段话，长长地舒了一口气。

我们总是这样，忙着看远处的风景，忙着想更好的未来，忙着选择最佳的伴侣，忘了有时我们厌倦的风景正是别人心心念念的，而最适合的人恰在身边。

两个月后，赵赵给苏苏打了个电话。

“你觉得法拉利备胎如何？”

“不知道。我不是法拉利。”

“那你是什么牌子的车？”他追问。

“我是凤凰牌自行车。”她深吸一口气。

“你有没有考虑过换个牌子？比如法拉利。”他紧追不舍。

“我考虑考虑。”她笑出了声。

“别考虑了。现在优惠大酬宾，针对你这样长期关注我们的老客户有特别优惠。”

“那，我再想想吧。太贵了，我怕买不起。”

“别想了。免费送货上门，好不好？你只需要签字就好了——像紫霞给至尊宝盖的戳一样……”

“那，放马过来吧……”